Les États-Unis
depuis 1945

D1431135

Denise Artaud

Agrégée de l'université
Docteur ès Lettres
Directeur de recherche émérite au CNRS

MÉMO

Seuil

MÉMO

COLLECTION DIRIGÉE PAR JACQUES GÉNÉREUX

EXTRAIT DU CATALOGUE

ISBN 2-02-034397-5
© Éditions du Seuil, février 2000

SOMMAIRE

LES ÉTATS-UNIS AU LENDEMAIN DE LA SECONDE GUERRE MONDIALE

1. LES FRUITS ET LES CONTRAINTES DE LA VICTOIRE

En 1945, les États-Unis sortent du conflit mondial plus puissants qu'ils n'y sont entrés lors de l'attaque japonaise sur Pearl Harbor (îles Hawaï), le 7 décembre 1941. En effet, leur territoire n'a pas été envahi, et leurs pertes humaines sont faibles comparativement à celles des autres grands belligérants (292 000 morts au combat alors que les pertes civiles et militaires de l'Union soviétique s'élèvent sans doute à 25 millions). Les séquelles de la crise de 1929 s'effacent et les Américains retrouvent leur optimisme.

A. LE RETOUR AU DYNAMISME ÉCONOMIQUE

a. L'impulsion et le contrôle du gouvernement fédéral

Au lendemain de l'entrée en guerre, le Congrès confie au Président des pouvoirs exceptionnels. Le *War Production Board*, créé en janvier 1942, définit les priorités industrielles : la fabrication de voitures particulières est interdite, celle du caoutchouc synthétique est lancée à grande échelle, les recherches qui mèneront à la bombe atomique sont poursuivies activement. En mai 1943, le contrôle gouvernemental s'accroît avec la création de l'*Office of War Mobilization*, dirigé par James Byrnes, ancien juge à la Cour suprême et futur secrétaire d'État, surnommé « le tsar de l'économie » à cause de l'étendue de ses pouvoirs. À Washington, devenu la capitale de la coalition contre l'Axe (▶ **page 8**), le nombre des fonctionnaires fédéraux a plus que doublé. À l'échelle de la nation, il passe de 1 million en 1940 à près de 4 millions en 1945.

b. Les États-Unis, arsenal et grenier de la démocratie

● Le 6 janvier 1942, le président Franklin Delano Roosevelt annonce dans un grand discours les objectifs de la production d'armements pour l'année suivante. Les industries automobiles se reconvertissent dans la production massive de tanks, de moteurs d'avions, de bombardiers. De 1939 à 1944, la productivité dans l'industrie augmente de 25 % : en 1942, il fallait 56 jours pour construire le cargo ravitailleur *Liberty Ship*, il en faudra 14 en 1944. En 1945, les États-Unis auront produit 300 000 avions, 86 000 tanks, 64 000 péniches de débarquement, 15 millions de fusils, 4,2 millions de tonnes de munitions…

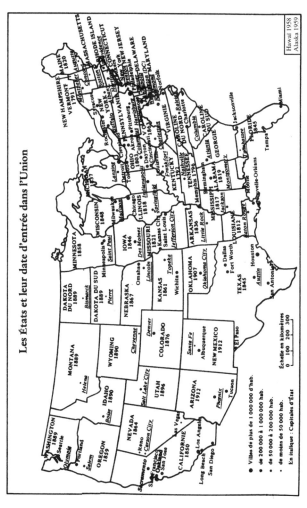

Les États et leur date d'entrée dans l'Union

● En dépit de la perte du dixième de leur main-d'œuvre, enrôlée sous les drapeaux, les agriculteurs augmentent leur production de 30 à 35 % grâce à une utilisation massive d'engrais et de machines plus performantes.

c. Le retour à la prospérité et au plein emploi

Sous l'impulsion des dépenses publiques (le budget fédéral passe de 8,9 milliards de dollars en 1939 à 95,2 milliards en 1945), toute l'économie se redresse et le PNB (produit national brut) progresse de 90,5 milliards à 211,9 milliards. En 1944, les effectifs militaires atteignent 11,4 millions, tandis que l'effort de guerre provoque le réemploi de 9 millions de chômeurs. Les femmes entrent massivement sur le marché du travail (10 millions d'entre elles ont un emploi en 1939, 15 millions en 1941, 16,5 millions en 1945). Le chômage, que le New Deal n'avait pu résorber, a donc quasiment disparu (1,3 % de la population active en 1943). Malgré le gel des prix et des salaires édicté en 1943, les salaires ouvriers ont augmenté de 27 % en dollars constants, notamment en raison des heures supplémentaires. Les États-Unis sont la seule nation en guerre qui a vu son niveau de vie augmenter.

B. UN CLIMAT POLITIQUE ET SOCIAL NOUVEAU

a. La confiance dans les valeurs nationales et l'avenir du pays restaurée

Le 6 janvier 1941, Roosevelt définit les quatre libertés sur lesquelles la paix mondiale doit être restaurée : liberté d'expression, liberté religieuse, prospérité (*freedom from want*), sécurité (*freedom from fear*). Tout au long du conflit, les Américains sont convaincus de lutter contre le Mal (le totalitarisme) et pour la défense du Bien (la liberté, la démocratie). Ils ont retrouvé confiance dans l'avenir de leur pays tant sur le plan économique que politique.

b. La remontée en puissance des milieux d'affaires

En 1936, Roosevelt avait fustigé dans un discours les *economic royalists* (le *business*, les monopoles industriels et financiers). Les nécessités de l'effort de guerre provoquent leur retour en force dans les organismes bureaucratiques et dans le règlement des problèmes sociaux. En 1942, leur influence entraîne une remontée des Républicains aux élections de mi-mandat, les Démocrates ne gardant qu'une majorité de 10 sièges (▶ **page 15**). À l'autre bout de l'échiquier politique, le parti communiste, sous l'égide d'Earl Browder, soutient aussi l'effort de guerre.

c. Les tensions sociales

En raison du plein emploi, les deux centrales syndicales, *American Federation of Labor* (AFL) et *Congress of Industrial Organizations* (CIO) voient leurs effectifs passer de 10,5 à 15 millions. L'année 1943 est marquée par les grandes grèves des mineurs, qui sont brisées par la menace d'une réquisition des mines et de la révocation du sursis des mineurs, c'est-à-dire leur incorporation dans l'armée. La loi Smith-Connally (juin 1943), adoptée malgré le veto du Président, restreint le droit de grève en imposant un préavis de 30 jours et une nécessaire majorité des syndiqués pour la déclencher.

d. Le problème noir

Les Noirs profitent de la guerre pour amplifier leur lutte contre la ségrégation raciale. À la recherche d'emplois mieux payés, 400 000 d'entre eux quittent le Sud pour aller travailler dans les industries de guerre du Nord. En 1943, la ségrégation n'existe guère pour l'emploi, mais elle demeure dans la vie quotidienne, et des violences sporadiques éclatent, tout particulièrement à Detroit ou à Harlem en 1943. Et, au sein de l'armée, un demi-million de Noirs combattent dans des régiments séparés (*segregated*), et ils n'ont pas accès aux « armes nobles », l'aviation, la marine, ou le corps des Marines…

2. LE LEADERSHIP MONDIAL : LE PRESTIGE DES ARMES ET DES PRINCIPES

A. LE LEADER DE LA COALITION

a. La formation de la Grande Alliance

Dès avant leur entrée en guerre (décembre 1941), les États-Unis se sont rapprochés des pays en lutte contre l'Axe Rome-Berlin. Le 11 mars 1941, la loi prêt-bail permet à l'exécutif américain de leur « prêter » armes, munitions, vivres, pour la durée du conflit. Le 14 août 1941, Roosevelt et Churchill adoptent, par la charte de l'Atlantique, les principes de la paix future, en particulier le droit des peuples à disposer d'eux-mêmes, la liberté des mers, la renonciation à l'usage de la force. Ces principes sont repris dans la Déclaration des Nations unies (1er janvier 1942) qui sera signée par tous les pays en guerre contre l'Axe. Les pays d'Amérique latine, réunis à Rio de Janeiro sous l'égide des États-Unis (janvier 1942), jettent les bases de leur coopération face à l'Axe. Ainsi se crée la Grande Alliance, dont les principaux membres sont, à côté des États-Unis, la Grande-Bretagne, l'URSS, la Chine et la France libre.

Montant total du prêt-bail	48,4 milliards de dollars
Empire britannique	31,2 milliards de dollars
URSS	11,0 milliards de dollars
France libre	3,2 milliards de dollars

b. Les victoires dans l'Atlantique et le Pacifique

● Sous le commandement du général Eisenhower, les forces alliées débarquent en Afrique du Nord (novembre 1942), puis en Sicile (10 juillet 1943), et prennent Rome le 4 juin 1944. Elles débarquent en Normandie le 6 juin 1944, et, après avoir libéré la France, pénètrent en Allemagne, rejoignant les troupes soviétiques sur l'Elbe le 25 avril 1945. La **capitulation allemande** est signée à Berlin le 8 mai.

● Sur le théâtre du Pacifique, les Américains reprennent l'avantage en 1942 et, sous la direction du général MacArthur, ils reconquièrent Manille (Philippines) en mars 1945. Pour éviter une bataille au Japon longue et coûteuse en vies humaines, le président Truman décide d'utiliser l'arme atomique à Hiroshima (6 août) et à Nagasaki (9 août). **Le Japon capitule** le 14 août. Le général MacArthur, avec les représentants des forces alliées, reçoit sa reddition dans la rade de Tokyo le 2 septembre.

B. LA FIN DE L'ÈRE ROOSEVELT

a. Les élections du 7 novembre 1944

Candidat pour la quatrième fois aux élections présidentielles, Roosevelt les gagne avec 53,4 % des voix. Mais il change de vice-président : Henry Wallace, jugé trop à gauche dans le nouveau climat de politique intérieure, cède la place à Harry Truman, sénateur du Missouri.

b. La mort de Roosevelt

Le 12 avril, le président Roosevelt meurt brusquement d'une hémorragie cérébrale. Il était devenu le symbole des réformes sociales, celles du New Deal, comme de la lutte contre les puissances de l'Axe. Le vice-président Truman lui succède.

3. L'ORGANISATION DE LA PAIX

Roosevelt, s'inspirant des principes de son lointain prédécesseur, Woodrow Wilson (1913-1921), un Démocrate comme lui, veut établir après la victoire un monde « sans frontières économiques ni guerre ». Pour le préparer, il a organisé avec ses alliés des conférences au sommet dès 1943 ; mais, en 1945, les premières divergences apparaissent avec l'URSS.

A. LES CONFÉRENCES INTERALLIÉES : DE YALTA À POTSDAM

a. La conférence de Yalta (4-11 février 1945)

● Roosevelt et Churchill accordent d'importants avantages à l'URSS. Celle-ci bénéficie de trois sièges à l'Assemblée générale des Nations unies, un pour l'URSS, un pour l'Ukraine, un pour la Biélorussie. Elle consent à entrer en guerre contre le Japon dans les trois mois qui suivront la capitulation allemande, mais, par un accord secret, elle obtient de lui reprendre les territoires cédés en 1905, en particulier le sud de Sakhaline.

● La frontière est de la Pologne est fixée à la **ligne Curzon**, ce qui signifie une perte au profit de l'URSS de 180 000 kilomètres carrés. En compensation, la Pologne doit acquérir à l'ouest une portion du territoire allemand. Le **comité de Lublin**, formé uniquement de communistes et reconnu par Moscou le 11 janvier précédent, doit être la matrice du futur gouvernement polonais, les membres du gouvernement en exil à Londres ne devant y tenir qu'une place très secondaire. Pour les pays occupés par l'Armée rouge, **la Déclaration sur l'Europe libérée** stipule l'établissement de régimes démocratiques, mais aucun mécanisme n'est prévu pour son application.

● Il est décidé de diviser l'Allemagne en quatre zones d'occupation (dont une pour la France).

b. La conférence de Potsdam (17 juillet-2 août 1945)

Elle réunit Truman, Staline et Churchill (remplacé par le Premier ministre travailliste Attlee après les élections du 25 juillet). Des différends apparaissent sur les manquements à la démocratie en Europe de l'Est. Il est impossible également pour les participants de s'accorder sur la constitution d'un gouvernement allemand. Berlin est divisé en quatre zones d'occupation. Cependant Truman, qui apprend pendant la conférence la réussite de la première expérience nucléaire, espère que cette arme nouvelle sera un atout pour les États-Unis dans les négociations ultérieures.

B. LA NAISSANCE DES ORGANISATIONS INTERNATIONALES

a. La création du Fonds monétaire international

Aux yeux des Américains, la longueur et la sévérité de la crise de 1929 s'explique surtout par les dévaluations compétitives et la hausse des tarifs douaniers. C'est pourquoi à la conférence de Bretton Woods (juillet 1944) est créé le Fonds monétaire international (FMI), qui doit veiller à la stabilité et à la convertibilité des monnaies. Mais en raison de multiples oppositions, dont celle du Congrès américain, il n'est pas possible de créer immédiatement une Organisation internationale du commerce (OIC), qui libéraliserait les échanges.

b. La création de l'Organisation des Nations unies

La conférence de San Francisco réunit tous les pays qui ont déclaré la guerre à l'Allemagne et au Japon. Elle adopte la charte des Nations unies, créant un Conseil de sécurité, dont les cinq membres permanents ont le droit de veto (États-Unis, Grande-Bretagne, France, URSS, Chine), et l'Assemblée générale qui, au départ, comprend 51 membres.

En 1945, la suprématie des États-Unis est écrasante. Ils détiennent 50 % de la capacité industrielle mondiale, produisent 57 % de l'acier, 43 % de l'électricité, 80 % des automobiles de la planète. Ils détiennent les deux tiers du stock d'or mondial et leurs échanges représentent 25 % du commerce international. Alors que l'Europe connaît encore les rationnements et que l'Asie est massivement sous-alimentée, l'obésité commence à devenir un problème national aux États-Unis. Les Américains, dans leur ensemble, sont convaincus des vertus et de la force de leur société. La natalité explose (18,7 % en 1940 ; 25 % en 1947). En 1940, 2,6 millions de bébés avaient vu le jour ; il y en a 3,6 millions en 1950. Avec la croissance du niveau de vie, le besoin de réformes sociales s'estompe. Mais la grande migration des Noirs se poursuit : environ 150 000 d'entre eux quittent chaque année les exploitations agricoles du Sud qui se mécanisent, et ils s'entassent en Californie et dans les villes du Nord à la recherche d'un emploi. Le problème noir est en passe de devenir explosif.

A. LA PAGE TOURNÉE SUR LE NEW DEAL

a. Le nouveau Président

Harry Truman est à tous égards différent de son prédécesseur, Franklin Delano Roosevelt. Ce dernier, issu d'une grande famille du Nord-Est, a fréquenté des universités prestigieuses, Harvard et Columbia. Sous-secrétaire à la Marine de 1913 à 1920, il s'est très tôt frotté aux problèmes internationaux. Truman est d'origine modeste et n'a pas fait d'études supérieures. D'abord fermier dans le Middle West comme son père, il dirige ensuite une chemiserie avant d'entrer en politique. Sénateur depuis 1934, il n'a jamais été associé aux discussions de politique étrangère et ignore tout des recherches atomiques, mais il a une bonne connaissance des problèmes intérieurs et des mécanismes du gouvernement. Cependant, à cause de la reconversion de l'économie de guerre, les deux premières années de sa présidence seront difficiles.

b. La prospérité qu'on n'attendait pas

● Le chiffre des forces armées, qui a dépassé 12 millions en 1945, tombe à 3 millions en 1946, à 1,5 million en 1947. Mais alors que la plupart des experts craignent le retour au chômage massif, comme avant la guerre, le taux de celui-ci oscille entre 3,5 et 5 % jusqu'en 1950. La production est en effet dopée par l'appétit de consommation des Américains : une partie de la production civile (automobiles, appareils ménagers, tondeuses à gazon, whisky, cigarettes, etc.) ayant été suspendue pendant la guerre, ils prennent leur revanche une fois la paix revenue, d'autant plus facilement qu'ils ont accumulé une épargne importante. Mais l'inflation menace, malgré le maintien du contrôle des prix jusqu'en 1946.

● Le gouvernement fédéral facilite également la reconversion de l'économie par le **G. I. Bill of Rights**, adopté en 1944. Cette loi accorde une priorité d'emploi dans la fonction publique aux combattants démobilisés et garantit les emprunts de ceux qui veulent lancer une petite entreprise ou acheter une maison. Cette dernière disposition donne une impulsion à la construction de maisons neuves, équipées des nouveaux appareils ménagers, d'où un nouvel essor des banlieues. Le G. I. Bill of Rights permet également de financer les études universitaires de 2 millions d'anciens combattants. De plus, dans les dix années qui suivent la guerre, le coût des études universitaires croît moins vite que le revenu moyen des familles. On assiste ainsi à un développement important des universités : le nombre des diplômés du premier cycle double de 1940 à 1950.

c. Turbulences sociales et victoire des Républicains

● Le plein emploi et l'appétit de consommation donnent un élan aux revendications syndicales. **Les grèves se multiplient** dès septembre 1945. En mai 1946, celle des cheminots menace de perturber l'économie et de freiner le ravitaillement de l'Europe. Truman la brise en proposant au Congrès d'enrôler les grévistes dans l'armée, et donc de les forcer à reprendre le travail en tant que conscrits.

● Pour contraindre le gouvernement à lever le contrôle des prix, les fermiers font « la grève » des approvisionnements en viande. L'opinion publique est excédée par les contrôles, et la popularité de Truman s'effondre. À l'automne 1946, les « **élections du beefsteak** » donnent une majorité aux Républicains dans les deux Chambres du Congrès pour la première fois depuis 1930.

● Entré en fonctions en janvier 1947, le nouveau Congrès entreprend de réglementer le pouvoir des syndicats. La **loi Taft-**

Hartley, adoptée le 23 juin 1947 à la majorité qualifiée (ce qui annule le veto du président Truman), impose aux syndicats un préavis de 60 jours avant de déclencher une grève. Si la sécurité nationale est menacée, le Président peut demander aux tribunaux un délai de 80 jours pour calmer le conflit (*cooling-off period*). À l'issue de ces délais, la grève ne peut être déclenchée qu'après un vote à bulletin secret des syndiqués. Enfin, elle est interdite à toute la fonction publique, fédérale et locale. Cette loi a été constamment dénoncée par les syndicats, qui l'ont qualifiée de *slave labor bill*, et par la majeure partie du parti démocrate dont, il est vrai, les syndicats sont une importante source de financement.

B. LA REVANCHE DE TRUMAN

a. Les élections de 1948

● Au début de la campagne électorale, personne ne croit à la victoire de Truman. Non seulement la popularité du Président est en baisse, mais le parti démocrate est affaibli par deux scissions. Henry Wallace, vice-président puis secrétaire au Commerce, a été renvoyé par Truman le 20 septembre 1946, pour avoir prôné le maintien de l'entente avec l'URSS (▶ **page 20**). S'étant rapproché des communistes, il est le candidat des *Progressive Citizens of America*. À droite, une partie des Démocrates du Sud, exaspérés par les positions avancées que Truman prend sur le problème noir, forment un nouveau parti, celui du Droit des États ou *Dixiecrat*, dont le candidat est le gouverneur de Caroline du Sud, Strom Thurmond.

● Truman, confronté non seulement au candidat républicain, Thomas Dewey, gouverneur de l'État de New York, mais également aux deux « transfuges » du parti démocrate, Wallace sur sa gauche et Thurmond sur sa droite, se bat avec une énergie inlassable, prononçant jusqu'à quinze discours par jour. Il rallie les syndicats en leur promettant de lutter pour l'abrogation de la loi Taft-Hartley, et les Noirs, auxquels il accorde par décret la suppression de la discrimination raciale dans la fonction publique et de la ségrégation dans l'armée. Il obtient également le soutien des fermiers, déçus par la politique agricole du Congrès républicain.

● Le verdict populaire récompense l'obstination de Truman, qui l'emporte avec 49,6 % des voix (▶ **page 14**). Wallace n'en a eu que 2,3 % et Thurmond 2,4 %. Mais ce dernier l'a emporté dans quatre États du Sud (Caroline du Sud, Mississippi, Louisiane, Alabama). C'est l'amorce d'un virage qui, une quinzaine d'années plus tard, conduira le *Deep South* vers le parti républicain. D'autre part, les élections ramènent une majorité démocrate dans les deux Chambres du Congrès.

ÉLECTIONS PRÉSIDENTIELLES

Année	démocrate	% des votes	grands électeurs	républicain	% des votes	grands électeurs
1944	Roosevelt	53,4	432	Dewey	45,9	99
1948	Truman	49,6	303	Dewey	45,1	189
1952	Stevenson	44,4	89	Eisenhower	55,1	442
1956	Stevenson	42,0	73	Eisenhower	57,4	457
1960	Kennedy	49,7	303	Nixon	49,5	219
1964	Johnson	61,1	486	Goldwater	38,5	52
1968	Humphrey	42,7	191	Nixon	43,4	301
1972	McGovern	37,5	17	Nixon	60,7	520
1976	Carter	50,1	297	Ford	48,0	240
1980	Carter	41,0	49	Reagan	50,7	489
1984	Mondale	40,6	13	Reagan	58,8	525
1988	Dukakis	45,6		Bush	53,4	426
1992	Clinton	43	370	Bush	34,4	168
1996	Clinton	49,2	379	Dole	40	159

Tous les quatre ans, en novembre, le peuple américain choisit les grands électeurs au suffrage universel dans chaque État. Le parti qui obtient la majorité dans l'État détient tous les sièges de grands électeurs. Leur nombre est égal au total du nombre de représentants et de sénateurs dans l'État. Ce sont donc les États les plus peuplés qui en détiennent le plus grand nombre. Le Président est élu en décembre par les grands électeurs, qui votent pour le candidat désigné par la convention de leur parti pendant l'été précédent. Le résultat est donc connu d'avance.

Les sénateurs sont élus pour six ans et renouvelables par tiers tous les deux ans. La Chambre des représentants est renouvelée intégralement tous les deux ans.

COMPOSITION DU CONGRÈS

	CHAMBRE DES REPRÉSENTANTS			SÉNAT		
	Démo.	Répu.	autres	Démo.	Répu.	autres
1945	242	190	2	56	38	
1947	188	245	1	45	51	
1949	263	171	1	54	42	
1951	234	199	1	49	47	
1953	211	221	1	47	48	
1955	232	203		48	47	
1957	233	200		49	47	
1959	284	153		65	35	
1961	263	174		65	35	
1963	258	177		67	33	
1965	295	140		68	32	
1967	247	187		64	36	
1969	243	192		57	43	
1971	254	144		54	44	2
1973	239	143	1	56	42	2
1975	291	157		60	37	2
1977	292	192		61	38	1
1979	276	180		58	41	1
1981	243	192		46	53	1
1983	269	165		46	54	
1985	252	182		47	53	
1987	258	177		55	45	
1989	259	174		55	45	
1991	267	167	1	56	44	
1993	258	176	1	57	43	
1995	204	230	1	48	52	
1997	197	236	1	46	53	
1999	202	231		46	53	

Le terme d'Administration (par exemple Administration Truman, Administration Eisenhower, etc.) désigne l'ensemble des membres du gouvernement (titulaires des différents Départements, ou, en français, Ministères), ainsi que les membres de la haute fonction publique (par exemple les directeurs des différents bureaux d'un Ministère, les directeurs de la CIA et autres agences gouvernementales). Les membres de l'Administration, dans leur écrasante majorité, appartiennent au même parti que le Président : ils sont choisis par lui et doivent être confirmés dans leurs fonctions par le Sénat.

b. Le Fair Deal et ses limites

Fort de sa victoire, Truman tente de faire passer un programme de réformes sociales, le *Fair Deal*, qui s'inscrirait dans le prolongement du *New Deal* de Roosevelt. Il fait augmenter le salaire minimum et adopter un nouveau *Social Security Act*, qui étend à quelque 10 millions de travailleurs les bénéfices de la loi de 1935 en matière d'assurance vieillesse et chômage et en augmente les prestations. Le *National Housing Act* accorde des crédits importants aux villes pour éliminer les taudis et construire quelque 800 000 logements pour les familles modestes. Mais Truman ne réussit pas à faire abroger la loi Taft-Hartley, ni à faire adopter une protection en matière de santé, ni à promouvoir les droits civiques, c'est-à-dire à faire reculer la ségrégation qui frappe les Noirs. Au Congrès, il se heurte en effet à une coalition conservatrice (Républicains de droite, Démocrates du Sud). De plus, beaucoup redoutent que de nouvelles dépenses ne relancent l'inflation. Enfin, quand en 1950 débute la guerre de Corée (▶ page 28), ce qui prime, c'est le réarmement de la nation.

Pendant tout le second conflit mondial, des intérêts réciproques ont rapproché les États-Unis et l'URSS. L'effort de guerre soviétique a été considérablement facilité par les 11 milliards de dollars de crédits accordés dans le cadre du prêt-bail. De même, parce que la résistance acharnée des Soviétiques, de Leningrad à Stalingrad, usait les forces allemandes, les Américains ont pu, plus facilement, débarquer à leur heure en Afrique du Nord et en Normandie. En 1945, les intérêts divergent. Les Soviétiques, qui ont été attaqués par l'Allemagne en 1914 et 1941, veulent se protéger contre un troisième conflit en constituant avec l'aide des partis communistes une zone d'influence en Europe de l'Est. Au contraire les États-Unis, après leur victoire sur les régimes totalitaires, rêvent d'un monde sans frontières, ni guerres, ni dictatures. Pourtant, en dépit de leur suprématie économique et de leur monopole nucléaire, il leur sera difficile d'imposer leurs vues à l'Union soviétique.

1. L'INEXORABLE DÉGRADATION DES RELATIONS AMÉRICANO-SOVIÉTIQUES

A. LE NOUVEAU CLIMAT POLITIQUE AUX ÉTATS-UNIS

a. Les divisions de l'Administration Truman

Dès son entrée à la Maison-Blanche, Truman est soumis à des influences opposées. Plusieurs conseillers de Roosevelt, au premier rang desquels le secrétaire à la Guerre, Henry Stimson, souhaitent la poursuite de l'entente avec l'URSS. Mais de plus en plus nombreux sont ceux qui prêchent une fermeté accrue à l'égard du Kremlin. Comme l'explique Averell Harriman, ambassadeur à Moscou, l'URSS souhaite coopérer avec les États-Unis et la Grande-Bretagne au sein des organisations internationales. Mais elle veut aussi dominer les pays qui constituent son glacis à l'Est par la création d'une police secrète et la suppression des libertés. Enfin, elle désire redonner un élan aux partis communistes européens afin de créer un climat qui lui soit favorable. Entre ces deux tendances, Truman hésite jusqu'à la fin de l'année.

b. Le Congrès réaffirme son autorité

Durant le conflit, le Congrès a mis en sommeil certaines de ses prérogatives pour accorder au Président des pouvoirs exceptionnels. À l'automne de 1945, il réaffirme son autorité, et cherche à mettre un terme aux concessions à l'URSS quand il les juge contraires à l'intérêt des États-Unis.

c. Le revirement de l'opinion publique

Au lendemain de la capitulation japonaise, 54 % des Américains croient en l'avenir de la coopération américano-soviétique. Deux mois plus tard, ils ne sont plus que 44 %, et 35 % en 1946. Ce pessimisme, dû à la satellisation de l'Europe de l'Est, ne se traduit pas par une mentalité belliqueuse. Après trois ans et demi de conflit pendant lesquels les familles ont été disloquées (certains soldats sont restés plus de trente mois dans le Pacifique sans revenir chez eux), les femmes américaines inondent le Congrès de lettres pour exiger une démobilisation rapide. Pour la même raison, en 1946, des émeutes éclatent sur les bases américaines à l'étranger. Malgré les tensions internationales, Truman ne peut donc maintenir d'importantes forces armées et doit se contenter de la prorogation du *Selective Training and Service Act* jusqu'au 31 mars 1947.

B. LES SUJETS DE MÉSENTENTE

a. L'aide économique à l'URSS

Après la capitulation allemande, les modalités du prêt-bail à l'URSS sont modifiées (l'aide ne doit servir qu'à l'effort de guerre en Asie). Mais l'administrateur du prêt-bail interprète de manière restrictive les directives présidentielles, d'où l'arrêt brutal de certaines livraisons. Même si celles-ci sont reprises rapidement, l'incident est ressenti très défavorablement au Kremlin. Par la suite, les négociations pour un nouveau prêt n'aboutiront pas en raison de l'opposition du Congrès, qui veut obtenir en échange des élections libres et la liberté d'expression en URSS.

b. La satellisation de l'Europe de l'Est

● Au lendemain de la conférence de Yalta, le comité de Lublin a établi son contrôle sur la **Pologne** et refuse la tenue d'élections libres. À la fin de mai 1945, Truman dépêche à Moscou l'un des conseillers de Roosevelt, Harry Hopkins. Celui-ci n'obtient de Staline qu'une mince concession : 6 membres du gouvernement polonais doivent être issus du gouvernement en exil à Londres. Les communistes conservent donc une majorité écrasante et tous les postes-clés. Cependant, le 5 juillet, le gouvernement américain reconnaît celui de Varsovie.

● De même, en **Bulgarie** et en **Roumanie**, les communistes dominent un gouvernement de coalition et les libertés ne sont pas reconnues. Faute d'accord sur ce sujet, la conférence des ministres des Affaires étrangères réunie à Londres (septembre 1945) se solde par un échec. Mais à Moscou, en décembre, le secrétaire d'État, James Byrnes, se contente, comme Hopkins avant lui, d'un accord de façade, et accepte de reconnaître les gouvernements de Bucarest et de Sofia. À son retour, il se heurte aux critiques du Congrès et à celles de Truman : « J'en ai assez de pouponner les Soviétiques », affirme le Président.

2. VERS LA RUPTURE

A. UNE POLITIQUE RÉALISTE

a. La doctrine du *containment*

Le 9 février 1946, Staline souligne dans un discours public l'incompatibilité entre le communisme et le capitalisme. Le 22 février, George Kennan, chargé d'affaires à l'ambassade américaine à Moscou, adresse au Département d'État un long télégramme (8 000 mots) dans lequel il expose les ressorts de la politique soviétique. Les dirigeants de l'URSS sont des fanatiques, convaincus qu'il ne peut y avoir de *modus vivendi* durable avec les États-Unis et que leur sécurité dépend de la destruction de la société américaine. « Imperméable à la logique de la raison », le gouvernement soviétique est cependant sensible « à la logique de la force ». C'est pourquoi, affirme Kennan un an plus tard dans un article paru dans *Foreign Affairs* (juillet 1947), la poussée soviétique peut être endiguée par le *containment*, « par l'application adroite et vigilante d'une contre-force à des points géographiques et politiques changeant constamment ».

b. Le discours de Fulton

Le 5 mars, à Fulton (Missouri), l'ex-Premier ministre Winston Churchill reprend le même thème : « De Stettin sur la Baltique à Trieste sur l'Adriatique, un rideau de fer s'est abattu à travers le continent. » Les Soviétiques, affirme-t-il, recherchent « l'expansion illimitée de leur pouvoir et de leur doctrine ».

B. LES PREMIERS AFFRONTEMENTS

a. Le problème atomique

● Depuis 1945, se pose la question de l'arme atomique. Tous les experts savent que le monopole nucléaire américain ne durera que de 4 à 10 ans. Dès lors, que faire pour éviter la course aux armements ? Faut-il partager les secrets nucléaires avec l'URSS afin de conserver sa confiance, comme l'ont proposé plusieurs scientifiques ? Faut-il soumettre l'énergie atomique à un contrôle international ? Ou bien, comme on l'estime au Congrès et dans les milieux militaires, faut-il tout faire pour prolonger le monopole, dont on se servira comme un moyen de pression sur Moscou ?

● Le 14 juin 1946, au nom du gouvernement américain, le financier Bernard Baruch vient aux Nations unies présenter le plan qui porte son nom. Il est prévu un contrôle international de l'énergie nucléaire. Pendant la mise en place du contrôle, les États-Unis conserveront leurs armes atomiques, alors que l'URSS devra autoriser sur son territoire l'inspection de ses ressources en matériaux fissiles et de ses installations nucléaires. L'URSS, bien évidemment, rejette le **plan Baruch**.

b. La crise des détroits turcs

Au Moyen-Orient, région vitale pour le pétrole et les communications, les États-Unis cherchent très tôt à limiter les avancées de l'URSS, non pour propager la démocratie, mais pour défendre leurs intérêts stratégiques. Sous la pression des Américains et des Britanniques, l'URSS accepte de retirer ses troupes du nord de l'Iran en mars 1946. Mais en Turquie, elle revendique les districts de Kars et d'Ardahan. De plus, elle cherche à obtenir le contrôle des détroits du Bosphore et des Dardanelles pour assurer en tout temps son accès aux mers libres. Après l'envoi à Ankara d'une note soviétique qui fait figure d'ultimatum (7 août 1946), le gouvernement américain adresse une note très ferme à Moscou et renforce sa flotte en Méditerranée. C'est la fin de la politique de concessions.

c. Le départ de Henry Wallace

Le 6 septembre, le secrétaire d'État, James Byrnes, annonce que les États-Unis préféreront une Allemagne divisée à une Allemagne unie sous le contrôle économique et politique de l'URSS. Six jours plus tard, dans un discours électoral à Madison Square

3

Garden, le secrétaire au Commerce, Henry Wallace, déplore publiquement la nouvelle politique à l'égard de l'URSS. Pour que son cabinet parle d'une seule voix, Truman exige la démission de Wallace.

3. LE GRAND TOURNANT

A. LA DOCTRINE TRUMAN

a. La défaillance de l'allié britannique

La Turquie, menacée par les revendications soviétiques, et la Grèce, où les communistes ont déclenché une guerre civile pour renverser le gouvernement démocratique, ne peuvent faire face à la situation sans aide extérieure. C'est d'abord la Grande-Bretagne qui s'en charge. Mais, le 21 février 1947, le gouvernement de Londres avertit Washington que ses embarras financiers le forcent à suspendre cette assistance.

b. Le message de Truman au Congrès (12 mars)

La réponse de Truman est immédiate. « Je suis convaincu, déclare-t-il dans un message au Congrès le 12 mars, que ce doit être la politique des États-Unis de soutenir les peuples libres qui résistent à la menace d'assujettissement venue de minorités armées ou de pressions extérieures. » À cet effet, il demande au Congrès l'octroi à la Grèce et à la Turquie d'une aide de 400 millions de dollars, et l'envoi dans ces pays de personnels civils et militaires pour les aider à former leurs cadres. Cette aide est votée à une écrasante majorité (67 contre 23 au Sénat, 287 contre 107 à la Chambre), et le Président signe la loi le 22 mai. Ainsi, un large consensus rallie la majorité des Démocrates et des Républicains autour de la politique de *containment*. Ne s'en dissocient que les partisans de Wallace à gauche, et, à droite, quelques néo-isolationnistes.

B. LE PLAN MARSHALL

a. Le discours de Harvard (5 juin 1947)

Au printemps 1947, le Département d'État est inquiet de la situation en Europe. Guettée par la famine et la misère, elle ne peut se relever seule de ses ruines. Cette situation est exploitée par les partis communistes et, à Washington, on redoute que la

France et l'Italie ne tombent sous leur contrôle. C'est pourquoi le nouveau secrétaire d'État, le général George Marshall, dans un discours prononcé à l'université Harvard le 5 juin, propose une aide américaine pour la reconstruction, dont pourrait bénéficier toute l'Europe, y compris la Russie soviétique.

b. La conférence de Paris

Seize pays d'Europe occidentale et méditerranéenne se réunissent à Paris à la mi-juillet pour discuter des modalités de l'aide américaine. L'URSS, qui avait d'abord accepté l'invitation, la refuse finalement, entraînant dans son sillage ses satellites et la Finlande. La coupure entre l'Europe de l'Ouest et de l'Est n'est plus seulement politique, elle est économique et institutionnelle. Les 16 pays qui ont accepté le plan Marshall vont former en avril 1948 l'Organisation pour la coopération économique européenne (OECE). À l'Est, le Kominform, créé en septembre 1947, resserre la coopération entre les partis communistes du bloc soviétique, auxquels s'adjoignent leurs homologues français et italien. Enfin, les 13 milliards de dollars d'aide du plan Marshall (1948-1952) vont creuser l'écart entre les niveaux de vie de l'Ouest et de l'Est.

c. Les réformes institutionnelles aux États-Unis

Pour mieux assumer ses responsabilités mondiales, l'exécutif américain renforce ses moyens. En 1946 est créé le *Council of Economic Advisers*. La loi du 1er août 1946 donne à l'État fédéral le monopole de la propriété et de la production des matières fissibles, monopole exercé par l'*Atomic Energy Commission*, formée de 5 civils désignés par le Président et confirmés par le Sénat. Le *National Security Act* (juillet 1947) crée le **Conseil national de Sécurité**, qui doit aider le Président à formuler la politique étrangère ; le **Département de la Défense** (ou Pentagone, du nom du bâtiment qui l'abrite), qui désormais regroupe toutes les armes (armée de terre, marine, aviation, corps des Marines) ; enfin la Central Intelligence Agency (CIA), l'organisme qui doit centraliser le renseignement.

En décembre 1941, les États-Unis entrent en guerre à cause de l'agression japonaise dans le Pacifique, mais, depuis l'automne 1940, ils ont soutenu l'effort de guerre britannique, et l'Atlantique reste une priorité pendant toute la guerre. En effet, les Américains sont, comme les Européens, issus de la civilisation gréco-judéo-chrétienne, et depuis le XVIIIe siècle, ils partagent avec eux les mêmes principes politiques. Certains craignent que la démocratie ne survive pas aux États-Unis si elle s'éteint en Europe. De plus, celle-ci était, à la veille du conflit mondial, le meilleur marché pour les exportations des États-Unis (41 % du total), et comme la capacité de production américaine augmente pendant la guerre, le marché européen est encore plus nécessaire avec le retour de la paix. Les États-Unis sont donc résolus à jouer un rôle majeur dans la reconstruction de l'Europe, défendant la démocratie et la libéralisation des échanges.

A. POUR OU CONTRE L'UNITÉ EUROPÉENNE?

a. Les « européanistes »

Dès 1940, un groupe d'Américains réfléchit aux solutions à apporter aux problèmes européens. Ils appartiennent à l'élite du pays, celle de l'Administration, du monde des affaires, des universités, secteurs dans lesquels beaucoup d'entre eux ont fait alternativement leur carrière. Ils sont soutenus par de puissants organismes (le Council on Foreign Relations, la fondation Rockefeller…), lesquels financent des centaines de rapports, transmis régulièrement au Département d'État. Plusieurs « européanistes » auront des fonctions importantes, tels les futurs secrétaires d'État Dean Acheson et John Foster Dulles. Certains sont liés avec Jean Monnet, qui a fait de longs séjours aux États-Unis depuis les années 1920.

b. Le dilemme américain

Pour les Américains, la source principale des maux en Europe, et les causes des deux guerres mondiales dans lesquelles les États-Unis ont dû intervenir, c'est le nationalisme et le protectionnisme. La solution, c'est l'unification économique de l'Europe. En détruisant entre eux les barrières douanières, les Européens accroîtront la complémentarité et l'efficacité de leurs économies. Leur niveau de vie augmentera, ce qui stimulera les exportations américaines. Il y a cependant des risques : celui de voir une Europe unie dominée par une puissance aux intentions belliqueuses, ou bien celui d'une Europe en proie au protectionnisme, et se fermant aux produits américains. L'unification de l'Europe, remarque-t-on au Département d'État en 1943, peut être un bienfait ou un cauchemar.

c. La conversion à l'unification de l'Europe

● En 1944, Roosevelt rejette les projets d'unification européenne. Staline, voulant se constituer une zone d'influence en Europe de l'Est, s'y opposerait sûrement. De plus, le secrétaire d'État, **Cordell Hull, est hostile à toute union régionale**, qui irait à l'encontre de l'objectif fondamental des États-Unis : le multilatéralisme, c'est-à-dire la libéralisation généralisée des échanges.

● Le plan Marshall (❭ **page 21**) marque le tournant décisif. Dans son discours du 5 juin, Marshall appelle les nations européennes à **dresser ensemble un programme de redressement économique**, ce qui suppose une coopération, mais aussi le partage des informations, dispositions que l'URSS n'est pas prête à accepter. Mais, en 1947, le gouvernement américain ne cherche plus à ménager Moscou et, même si le *General Agreement on Tariffs and Trade* (GATT) est signé en octobre 1947, la situation économique en Europe reste trop critique pour que l'on refuse un début d'unification si c'est le meilleur moyen de restaurer, avec la prospérité, la stabilité politique. Ainsi s'oriente-t-on non plus vers une union paneuropéenne, mais vers l'intégration de l'Europe de l'Ouest.

● Certains membres du Congrès, notamment le **sénateur Fulbright,** voudraient faire de l'unification européenne l'un des objectifs essentiels du plan Marshall. Ils ne peuvent rallier le Congrès à cet objectif, mais ils continuent de faire campagne dans ce sens au sein de l'*American Committee for a Free and United Europe.* Les fonctionnaires de l'*Economic Cooperation Administration* qui gère les crédits du plan Marshall cherchent, eux aussi, à accélérer le mouvement, mais ils sont freinés par le Département d'État, qui craint que de telles initiatives ne soient interprétées par les Européens comme des ingérences dans leurs affaires intérieures.

B. L'ALLIANCE ATLANTIQUE

a. De l'aide économique à l'aide militaire

Dès 1947, l'Europe bénéficie d'une Aide intérimaire (500 millions de dollars) qui lui permet d'attendre le vote définitif du plan Marshall par le Congrès (*European Recovery Act*, juin 1948). Mais cette aide ne peut écarter tous les dangers. Le « coup de Prague », qui, en février 1948, instaure un régime communiste en Tchécoslovaquie, témoigne d'une nouvelle agressivité soviétique. En juin débute le blocus de Berlin (▶ **page 28**). Les Américains redoutent davantage la subversion communiste qu'une attaque militaire soviétique, mais les Européens sont plus inquiets. Ces craintes peuvent entraver la reprise économique, et l'on finit par se convaincre à Washington qu'une alliance militaire est nécessaire entre les États-Unis et l'Europe pour y assurer la confiance et la stabilité.

b. Du pacte de Bruxelles au traité de Washington

● Le 17 mars 1948, la France, la Grande-Bretagne, la Belgique, les Pays-Bas et le Luxembourg signent à Bruxelles un traité de défense mutuelle. Puis les Français et les Britanniques se tournent vers les Américains pour obtenir leur appui. Le 11 juin, la résolution proposée par Arthur Vandenberg, sénateur républicain, lève les obstacles à la ratification par le Sénat d'une alliance permanente en temps de paix ; les négociations peuvent dès lors progresser entre Américains et Européens. Elles débouchent sur la signature du traité de Washington (le « Pacte atlantique »), le 4 avril 1949.

● Le **Pacte atlantique** regroupe, au côté des États-Unis, la Belgique, le Canada, le Danemark, la France, la Grande-Bretagne, l'Islande, l'Italie, le Luxembourg, la Norvège, les Pays-Bas, le Portugal. L'article 5 du traité stipule qu'en cas d'attaque armée contre l'une d'elles, les parties contractantes assisteront la victime par toutes actions qu'elles jugeront nécessaires, **y compris l'emploi de la force armée**. La riposte militaire n'est donc pas exclue, mais elle n'est pas automatique, ainsi que l'ont exigé les sénateurs américains.

c. La création de l'OTAN

Le 12 septembre 1950, deux mois et demi après le début de la guerre de Corée (▶ **page 28**), le secrétaire d'État Dean Acheson annonce que 4 à 6 divisions américaines seront envoyées en

Europe et intégrées dans une organisation commune des forces du Pacte atlantique, dont le commandement sera américain. Le 19 avril 1951, le général Eisenhower devient le premier commandant en chef de l'Organisation du traité de l'Atlantique nord (OTAN). La défense de l'Europe est désormais assurée dans le cadre atlantique.

C. LE RÉARMEMENT DE L'ALLEMAGNE

a. La Communauté européenne du charbon et de l'acier (CECA)

En 1950, compte tenu de la tension internationale, l'intégration européenne apparaît aux Américains comme une nécessité croissante afin d'optimiser les résultats de l'aide qu'ils consentent à leurs alliés. Le relèvement de l'industrie sidérurgique allemande devient également pour eux une priorité afin de renforcer les industries d'armement. Mais tout relèvement allemand suscite encore des craintes en France, d'où la proposition, faite le 9 mai 1950 par Robert Schuman, qui débouchera l'année suivante sur le traité créant la Communauté européenne du charbon et de l'acier (CECA). Ce projet a d'abord fait craindre dans certains milieux américains que ne se crée une « forteresse » sidérurgique qui, par des ententes sur les prix et sur les marchés, nuirait aux intérêts des États-Unis. Mais, en fait, l'idée de la CECA était venue de Jean Monnet, qui avait beaucoup d'amis aux États-Unis ; et ce sont des diplomates et des avocats américains qui l'ont aidé à rédiger les clauses antitrust du traité instaurant la CECA afin d'empêcher le maintien de cartels nuisant aux intérêts américains.

b. La Communauté européenne de défense

Le réarmement allemand devient une nécessité après le début des hostilités en Corée. Pour pallier les résistances françaises, le ministre de la Défense, René Pleven, propose en octobre la création d'une Communauté européenne de défense (CED). Après quelques résistances initiales, la CED sera chaudement soutenue par le gouvernement américain, et son rejet, le 30 août 1954, par le Parlement français provoquera une crise, résolue par l'entrée de l'Allemagne dans l'OTAN décidée lors des accords de Paris en octobre 1954.

1. DE LA GUERRE FROIDE À LA GUERRE CHAUDE

En 1948, les rapports se durcissent entre le **bloc de l'Est** (l'URSS et ses satellites) et les **Occidentaux** (États-Unis, Grande-Bretagne et France) : on est entré dans la **guerre froide**. En Europe, Berlin est le principal lieu d'affrontement, car cette ville, capitale de l'Allemagne depuis 1871, est le symbole de l'unité allemande. En Asie, le camp soviétique se renforce avec la proclamation de la République populaire chinoise sur la place Tienanmen, en octobre 1949. Neuf mois plus tard, la guerre devient « chaude » en Corée, et la situation est d'autant plus critique que l'URSS a fait exploser sa première bombe nucléaire en août 1949.

A. LA PREMIÈRE CRISE DE BERLIN

a. L'impossible réunification de l'Allemagne

● À la fin de 1946, les Américains craignent que la réunification des quatre zones d'occupation en Allemagne ne mène à la création d'un État unitaire, du Rhin à l'Elbe, sous tutelle soviétique. Après l'échec à Londres, en décembre 1947, de la conférence des ministres des Affaires étrangères, **la conférence de la dernière chance**, les Américains fusionnent leur zone avec celle des Britanniques pour faciliter le redressement économique. En février 1948, débute à Londres une conférence à trois (États-Unis, Grande-Bretagne, France) pour préparer dans les trois zones occidentales (qui seront appelées la trizone) la création d'un gouvernement démocratiquement élu.

● Le 18 juin 1948, les Américains instaurent une **réforme monétaire** : le mark d'occupation est remplacé par le **deutsche Mark**. Le but de cette réforme est de donner un fondement solide à la reprise économique, également d'empêcher les Soviétiques, qui possèdent comme les Américains les planches à imprimer des marks d'occupation, de provoquer l'inflation dans la trizone en l'inondant de billets.

b. Le blocus de Berlin

● En riposte à la réforme monétaire dans la trizone, le gouvernement soviétique annonce l'introduction de l'**OstMark** dans la zone orientale, y compris Berlin, où il cherche à interdire l'introduction du deutsche Mark. À partir du 24 juin, en violation des accords de Potsdam, il commence à bloquer l'accès aux trois secteurs-ouest de Berlin, occupés par les Occidentaux. **Le 1er juillet, le blocus est total.** Les Soviétiques espèrent constituer une Allemagne de l'Est qui, en conservant la capitale historique, priverait de légitimité l'Allemagne de l'Ouest.

● Pour éviter l'asphyxie de Berlin-Ouest, les Américains organisent un **pont aérien** pour le ravitailler. C'est un exploit que les Soviétiques n'avaient pas prévu et qui montre l'écrasante supériorité technique des États-Unis. De plus, les Américains envoient ostensiblement en Angleterre des bombardiers B 29 qui peuvent larguer des bombes atomiques, mais qui, en l'occurrence, n'en sont pas armés. Il s'agit d'une simple manœuvre pour intimider les Soviétiques. Ceux-ci, ne parvenant pas à briser la détermination américaine, acceptent de lever le blocus en mai 1949.

B. LA GUERRE DE CORÉE

a. Les lignes de fracture en Extrême-Orient

Depuis 1945, la Corée est divisée, au niveau du 38e parallèle, entre un régime communiste au Nord, et, au Sud, une république présidée par Syngman Rhee, et soutenue par les Américains. En Chine, lors de la victoire des forces communistes en octobre 1949, le président Tchang Kaï-Chek s'enfuit à Formose (Taïwan), où il bénéficie rapidement de l'aide américaine.

b. L'attaque nord-coréenne et la riposte américaine

● Le 25 juin 1950, à l'aube, **les troupes nord-coréennes franchissent le 38e parallèle**, bousculent leurs adversaires mal équipés, et prennent Séoul le 27. À Washington, la riposte est immédiate. Le président Truman engage d'abord la marine et l'aviation américaines, puis l'armée de terre. Cette dernière décision est en conformité avec une résolution du Conseil de sécurité de l'ONU. Le général MacArthur devient commandant en chef des forces des Nations unies (19 pays participeront aux opérations).

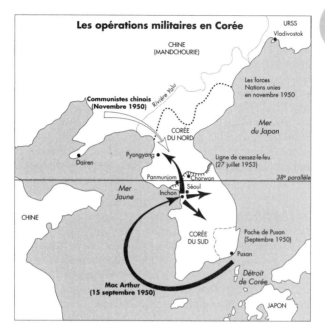

Les opérations militaires en Corée

• **Pourquoi une riposte si rapide et si énergique,** alors que les intérêts les plus directs des États-Unis ne sont pas menacés ? Truman a craint qu'une victoire nord-coréenne, moins d'un an après l'instauration de la République populaire chinoise, ne soit une menace pour la sécurité du Japon, et ne déstabilise tout l'Extrême-Orient. Il accorde donc une aide financière à la France pour lutter contre la guérilla communiste d'Hô Chi Minh en Indochine, et des négociations sont entamées avec le Japon, lesquelles débouchent en septembre 1951 sur un traité de paix et un pacte d'assistance mutuelle. Enfin le réarmement des États-Unis s'accélère (▶ **page 38**).

c. Faut-il réunifier la Corée par les armes ?

• Au départ, les forces des Nations unies sont contraintes de reculer jusque dans le réduit de Pusan, à l'extrême sud de la Corée. Puis, après le débarquement réussi à Inchon, le 15 septembre 1950, le gouvernement américain cherche à réunifier la Corée par les armes. Les troupes de l'ONU franchissent le

38e parallèle et se dirigent vers le Yalou. Le 25 novembre, les forces chinoises, qui ont pénétré en Corée, attaquent les troupes de MacArthur et les forcent à reculer jusqu'à une ligne située 200 kilomètres au sud de Séoul. C'est, pour l'armée américaine, **la retraite la plus longue de toute son histoire.**

● **S'ouvre alors le grand débat :** faut-il, comme le souhaite MacArthur, bombarder « le grand arrière » mandchou, pour contraindre le camp communiste à céder ? Faut-il, au contraire, renoncer à unifier la Corée afin d'éviter l'escalade et l'entrée en guerre éventuelle de l'URSS ? Truman opte pour la seconde solution, et destitue MacArthur le 11 avril 1951. Les troupes de l'ONU, qui ont repris l'offensive, s'arrêtent sur une ligne légèrement au nord du 38e parallèle.

d. L'armistice

Les pourparlers de paix s'engagent avec les Chinois à Kaesong le 10 juillet 1951, et se poursuivent à Panmunjon. Alors qu'ils traînent encore au printemps 1953 en dépit de la mort de Staline, Eisenhower, qui est entré à la Maison-Blanche le 20 janvier précédent, menace secrètement les Chinois de recourir à l'arme nucléaire s'ils ne renoncent pas à leurs dernières exigences. L'armistice est signé le 27 juillet. La Corée reste divisée, mais les prisonniers de guerre nord-coréens peuvent choisir de s'installer au Sud.

C. L'AMÉRIQUE LATINE PARTENAIRE DES ÉTATS-UNIS

a. Les intérêts géostratégiques au sud du río Grande

Pendant le second conflit mondial, l'Amérique latine a été une source essentielle de matières premières pour l'effort de guerre des États-Unis. De plus leurs stratèges ont pris conscience de l'impérieuse nécessité de contrôler certaines zones primordiales pour les communications, par exemple la côte nord-est du Brésil (Nordeste), et plus encore la zone des Caraïbes, où les navires de commerce ont été décimés par les sous-marins allemands.

b. Le maintien de la doctrine de Monroe

Sous l'influence du Sénat et des militaires, le Département d'État renonce en partie à son « universalisme » lors de la conférence de San Francisco (26 juin 1945), et fait reconnaître les organisations

5

TRAITÉS DE SÉCURITÉ MUTUELLE CONCLUS PAR LES ÉTATS-UNIS PENDANT LA GUERRE FROIDE

Traité de Rio (2 septembre 1947) Pays signataires : États-Unis, Mexique, Cuba, Haïti, République dominicaine, Honduras, Guatemala, Salvador, Nicaragua, Costa Rica, Panama, Colombie, Venezuela, Équateur, Pérou, Brésil, Bolivie, Paraguay, Uruguay, Chili, Argentine.

Traité de l'Atlantique Nord (4 avril 1949) Pays signataires : États-Unis, Canada, Islande, Norvège, Royaume-Uni, Pays-Bas, Danemark, Belgique, Luxembourg, France, Italie, Portugal, Grèce (adhère en 1952), Turquie (1952) République fédérale allemande (1955).

Traité de l'ANZUS [Australia, New Zeland and United States] (1er septembre 1951) Pays signataires : États-Unis, Australie, Nouvelle-Zélande.

Traité bilatéral avec les Philippines (30 août 1951).

Traité bilatéral avec le Japon (8 septembre 1951).

Traité bilatéral avec la Corée du Sud (1er octobre 1953).

Traité de l'Asie du Sud-Est – pacte de Manille – (8 septembre 1954) Pays signataires : États-Unis, Royaume-Uni, France, Nouvelle-Zélande, Australie, Philippines, Thaïlande, Pakistan.

Traité bilatéral avec Formose [Taïwan] (2 décembre 1954).

régionales par la Charte des Nations unies. Les États-Unis peuvent ainsi renforcer leurs liens avec l'Amérique latine par un traité d'Assistance mutuelle, le Pacte de Rio (2 septembre 1947). Lors de la conférence de **Bogotá** (mars 1948), la Charte de l'Organisation des États américains est adoptée. À l'unanimité est voté le principe de la lutte contre le communisme. Pendant la guerre de Corée, le Congrès vote le **Mutual Defense Agreement Act** (1951), qui permet au gouvernement américain d'aider les Latino-Américains à renforcer leurs armées.

2. L'ANTICOMMUNISME : CRAINTES LÉGITIMES ET EXCÈS

Pendant la guerre, la Grande Alliance a, en quelque sorte, légitimé le parti communiste (PC) américain. Pendant la guerre froide, l'anticommunisme devient le fondement du consensus de politique étrangère et l'un des ciments de la société américaine, unie pour défendre ses valeurs. Mais l'épisode du maccarthysme provoque une dérive regrettable.

A. DE L'ENTENTE À LA SUSPICION

a. La lune de miel avec le PC

Alors qu'en 1938 la Chambre des représentants avait créé le *House Un-American Activities Committee*, chargé d'enquêter sur les activités subversives, essentiellement communistes, l'entrée en guerre renverse la tendance. Des communistes s'implantent à Hollywood, où, dans le cadre de la propagande de guerre, le cinéma est invité à célébrer l'URSS. De plus, beaucoup d'intellectuels « libéraux » n'hésitent pas à faire un bout de chemin avec les communistes. Le leader du PC américain, Earl Browder, croyant à la permanence de la Grande Alliance, veut dissoudre le parti en 1945, et le remplacer par une Association communiste qui chercherait non plus à détruire, mais à influencer les deux grands partis américains. Browder est évincé à la suite d'un article paru dans les *Cahiers du communisme*, sous la signature de Jacques Duclos. L'article – les archives soviétiques le prouvent – a été écrit à Moscou.

b. La peur de la subversion et de l'espionnage

En février 1946, on découvre au Canada un réseau d'espionnage, qui s'étend jusqu'aux États-Unis et à la Grande-Bretagne et concerne les secrets atomiques. En 1947, Truman instaure un « **programme de loyauté** » visant à s'assurer que la fonction publique n'est pas « infiltrée » par des communistes – ceux-ci, les archives soviétiques l'ont montré, sont sous la tutelle étroite du Kremlin. En 1948, les 12 membres du comité central du PC américain sont inculpés, puis condamnés à 5 ans de prison pour violation de la loi Smith, laquelle interdit d'encourager le renversement du gouvernement par la violence.

5

c. Les grands procès d'espionnage

L'explosion de la première bombe atomique soviétique (août 1949), beaucoup plus précoce qu'on ne l'avait prévue aux États-Unis, relance les enquêtes sur l'espionnage des secrets nucléaires. Mais celles-ci sont compliquées : Kim Philby, représentant des services secrets britanniques auprès de la CIA, est un agent soviétique (il ne sera découvert qu'en juin 1951), et il s'emploie à « brouiller les pistes ». Cependant, au début de l'année 1950, Alger Hiss, ancien fonctionnaire du Département d'État, qui avait accompagné Roosevelt à Yalta, est convaincu d'avoir appartenu au parti communiste et condamné pour faux témoignage dans un procès d'espionnage. Klaus Fuchs, spécialiste de physique atomique qui avait travaillé au centre nucléaire de Los Alamos, et qui était un agent soviétique, est arrêté à Londes. Peu après, Julius et Ethel Rosenberg sont arrêtés pour avoir livré aux Soviétiques des secrets atomiques, fournis par le frère d'Ethel, qui travaillait aussi à Los Alamos. Ils sont condamnés à mort en avril 1951.

B. LE MACCARTHYSME

a. Le « dérapage »

Dans le sillage de ces procès se développe un climat d'espionnite qui va profiter aux démagogues. Le 9 février 1950, Joseph McCarthy, sénateur du Wisconsin, prétend qu'il y a 205 fonctionnaires communistes au Département d'État. Il ne peut en apporter la preuve, mais son discours déclenche une vague d'anticommunisme sans précédent. En juin, la **loi McCarran** est adoptée, malgré le veto du Président. Elle interdit aux communistes étrangers d'entrer aux États-Unis, et contraint les membres du PC américain à se déclarer au Département de la Justice. Puis les enquêtes de loyauté débordent la fonction publique pour s'étendre aux écoles, aux universités, au monde du spectacle. Des universitaires sont contraints de s'exiler. Le climat tourne à l'hystérie et l'on a pu parler de « chasse aux sorcières ». Mais, au total, le nombre des révocations reste faible à l'échelle du pays (5 000 à 6 000). Cependant, malgré la campagne d'opinion en leur faveur, les Rosenberg sont exécutés en 1953.

b. La fin du maccarthysme

● Avec la fin de la guerre de Corée, le maccarthysme s'essouffle, mais ce qui va provoquer sa ruine, c'est que McCarthy s'en prend aux militaires. Même s'il désapprouvait les méthodes du sénateur, Eisenhower avait jusque-là peu réagi, car il était convaincu, comme la majorité des Américains, qu'il fallait lutter contre la menace communiste. Mais en tant que commandant en chef des armées, il doit défendre ses troupes. Il laisse donc s'organiser une contre-attaque au Sénat. Celui-ci inflige **un blâme (*censure*) à McCarthy** par un vote du 2 décembre 1954, ce qui met un terme à son influence.

● L'ère du maccarthysme reste une page noire de l'histoire américaine : les Républicains accusaient les Démocrates de « **vingt années de trahison** », les Démocrates reprochaient à leurs adversaires de se livrer à une « **chasse aux sorcières** ». De ce fait, les échecs politiques, telle « la perte de la Chine », étaient considérés non comme des erreurs, mais comme des fautes. L'ouverture récente des archives des services secrets américains et l'accès aux documents émanant du bloc de l'Est ont permis d'éclairer en partie ce débat : il est à peu près sûr, par exemple, que Hiss a travaillé pour les Soviétiques à partir de 1935. La culpabilité des Rosenberg, mise en doute à l'époque, est maintenant avérée. Un représentant des services secrets soviétiques a reconnu que l'espionnage avait permis d'avancer de plusieurs années l'explosion de la première bombe A soviétique. Mais ni dans les prétoires ni sur la scène publique, les services secrets américains ne pouvaient à l'époque faire état des informations dont ils disposaient grâce au décryptage du code secret soviétique.

1. LE SUCCÈS DU « JUSTE MILIEU »

A. UNE PRÉSIDENCE RÉPUBLICAINE

a. Les élections de 1952

La campagne électorale se déroule dans un climat difficile pour les Démocrates en raison de l'enlisement de la guerre de Corée, d'affaires de corruption et des procès d'espionnage qui incitent à accuser Truman de mollesse à l'égard du communisme. « **Corée, corruption, communisme** » devient le slogan des Républicains. Truman choisit de ne pas se représenter (bien que le 22ᵉ Amendement à la Constitution (1951), qui interdit à un Président de briguer un troisième mandat, ne lui soit pas applicable en vertu d'une disposition particulière de cet amendement). Adlai Stevenson est le candidat des Démocrates ; mais c'est le général **Dwight Eisenhower** (surnommé Ike) qui l'emporte avec 55 % des voix. L'autre slogan des Républicains, « **I like Ike** », se trouve ainsi vérifié. En 1956, Eisenhower et le vice-président Richard Nixon seront réélus avec une majorité encore plus forte (57 %).

b. Un héros de la Seconde Guerre mondiale

Commandant en chef des forces alliées en Europe pendant la guerre, il a dirigé les débarquements en Afrique du Nord et en Normandie. Commandant en chef des forces de l'OTAN de 1950 à 1952, il connaît bien les problèmes de l'Alliance atlantique. Son expérience du commandement lui permet d'organiser son gouvernement avec beaucoup d'autorité et d'ordre. Mais son apparent détachement a longtemps fait croire qu'il déléguait son pouvoir de décision à certains de ses collaborateurs, en particulier au secrétaire d'État, John Foster Dulles. En fait, c'est lui qui prend toutes les décisions importantes.

c. Le triomphe du conservatisme libéral

● Par tempérament et parce que **le Congrès est dominé par les Démocrates,** Eisenhower ne veut pas gouverner « à droite ». Certes, il soutient le monde des affaires – son secrétaire à la Défense, Charles Wilson, a déclaré : « Ce qui est bon pour les États-Unis est bon pour General Motors et *vice versa.* » Mais le

Président, comme les Libéraux américains, croit à la **responsabilité du gouvernement** dans la direction générale de l'économie et dans la protection des plus défavorisés. En 1953, est créé un nouveau ministère, celui de la Santé, de l'Éducation et des Affaires sociales (*Health*, *Education*, *Welfare*, ou HEW). Le nombre des bénéficiaires de la *Social Security* augmente une nouvelle fois de plusieurs millions (▶ **page 15**). Par ailleurs, le Président lance des programmes de grands travaux : en 1954, le projet du Saint-Laurent, qui permet de passer des Grands Lacs à l'Océan ; en 1956, un plan national de construction d'autoroutes. Enfin, les subventions sont maintenues pour l'agriculture.

● Ainsi se crée un **consensus** qui rallie, au centre, les Républicains modérés et les Démocrates libéraux (qui sont idéologiquement proches de la social-démocratie). Ce consensus, fait de conservatisme économique et de progressisme social, permet le renforcement de l'État fédéral (**Big Government**) et l'essor des grandes entreprises (**Big Business**). Quant aux deux principales centrales syndicales, AFL et CIO, elles ont fusionné en 1955, méritant ainsi le surnom de **Big Labor**. Désormais, les syndicats luttent moins pour des hausses de salaires que pour obtenir d'autres avantages, par exemple, l'assurance maladie : au milieu des années 1950, la quasi-totalité des syndiqués en bénéficie.

B. L'AMÉRIQUE SATISFAITE D'ELLE-MÊME

a. Une économie dynamique

Malgré une légère récession à la fin de la guerre de Corée, l'économie américaine continue de croître : le chômage ne dépasse guère 4 %. Le PNB par habitant sera passé, entre 1945 et 1960, de 1 350 à 1 860 dollars (en dollars constants). En 1955, les Américains, qui ne représentent que 6 % de la population mondiale, produisent 50 % des biens de la planète. Ce succès est dû aux progrès de la productivité, tant dans l'agriculture que dans l'industrie, où l'automatisation fait ses débuts. Si l'agriculture perd des bras à cause de la mécanisation (un travailleur nourrissait 17 personnes en 1940 ; il en nourrit plus de 30 dans les années 1960). Par contre, le tertiaire crée beaucoup d'emplois (la chaîne de restauration rapide McDonald's en est un bon exemple). On assiste aussi au rééquilibrage entre les régions : la

Sunbelt, de la Californie au Texas, attire des industries de pointe – aéronautique, électronique, pétrole –, tandis que la Floride se peuple de retraités.

b. Une société plus égalitaire

● L'essor économique s'accompagne d'une **meilleure répartition des revenus**. La part des riches dans le revenu national diminue, tandis que la pauvreté régresse. Les classes moyennes représentent 40 % de la société. La hausse du niveau de vie soutient le baby-boom ; le taux de fécondité atteint son record en 1957 (3,7), et les banlieues, plus accueillantes pour les familles, continuent de se développer.

● L'immigration, qui avait été pratiquement stoppée depuis 1930, reprend, mais à un taux très faible : 1,6 % de la population par an, alors que le taux était de 10 % au début du siècle et de 3,5 % pendant les années 1920. En 1960, 5 % seulement des Américains sont nés à l'étranger : c'est **le taux le plus faible de leur histoire**. La **télévision**, qui se développe rapidement dans les années 1950, contribue également à l'uniformisation de la culture nationale. La **religion** – le protestantisme, mais également le catholicisme, qui gagne du terrain – reste aussi un ciment national : en 1956, le Congrès fait de la formule « *In God we trust* » une devise nationale. À certains égards, cette société paraît guettée par le conformisme ; mais celui-ci est endigué par le développement de l'**enseignement secondaire et supérieur**, tandis qu'une presse variée et la diffusion des livres de poche permettent d'éviter le monolithisme de la pensée.

c. Les limites à l'euphorie

● **Les Noirs** ont moins profité de l'essor économique que le reste de la population. Mais, en raison de la grande migration vers le Nord (▶ **page 7**), 50 % d'entre eux y résideront en 1960, et leur vote devient crucial dans plusieurs États, comme l'ont montré les élections de 1948 (▶ **page 11**). En 1954, un nouveau pas est franchi lorsque la Cour suprême déclare inconstitutionnelle la ségrégation dans les écoles publiques. C'est la fin de la vieille doctrine « séparés, mais égaux ». En 1957, le gouverneur de l'Arkansas ordonne à la Garde nationale d'interdire l'entrée des enfants noirs dans une école secondaire de Little Rock. Le président Eisenhower envoie les forces fédérales pour faire respecter l'arrêt de la Cour suprême. Mais, en raison de l'opposition locale, les écoles publiques ne rouvriront qu'en 1960.

● Au cours de l'été 1957, **la croissance se ralentit**. L'année suivante le chômage grimpe à 8 % et ne retombe qu'à 6 % en 1960. Alors que depuis 1945 la balance des paiements américaine était régulièrement en excédent – d'où la pénurie de dollars dans le monde (*dollar gap*) –, elle enregistre son premier déficit en 1958. En 1960, quand s'ouvre la campagne électorale, le climat n'est plus au beau fixe.

2. LE NOUVEL ÉQUILIBRE GÉOSTRATÉGIQUE

La mort de Staline, en février 1953, suscite beaucoup d'espoirs. En 1955, est signé le traité d'État autrichien qui décide la neutralité de ce pays et le retrait des troupes d'occupation soviétiques. Mais, très vite, il faut déchanter : le tiers-monde devient le nouveau terrain d'affrontement, sans que pour autant l'entente puisse se faire sur le statut de Berlin. Malgré leur supériorité militaire, les Américains ne peuvent empêcher ni les premières discordes avec leurs alliés européens, ni la « perte » d'un pion stratégique important : Cuba.

A. LA SUPÉRIORITÉ

a. Le réarmement de l'Amérique

Dès 1948, le réarmement de l'Amérique se dessine. Le Congrès adopte le *Selective Service Act*, qui permet d'enrôler sous les drapeaux environ 1,4 million d'hommes. Le stock de bombes A augmente rapidement : 12 en juin 1947, 50 en juin 1948, 300 en juin 1950, 400 en janvier 1951. Pour compenser la perte du monopole nucléaire, Truman décide la fabrication de la bombe H (janvier 1951). La guerre de Corée (▶ **page 28**) donne une nouvelle impulsion au réarmement. Les dépenses militaires triplent. Les forces armées passent à 3,6 millions d'hommes en 1952. En 1960, elles s'élèvent encore à 2,5 millions.

b. Des représailles massives au Spoutnik

● Dès son arrivée au pouvoir, Eisenhower s'emploie à mettre un terme à la guerre de Corée. Il veut aussi employer de nouveaux moyens pour « contenir » l'URSS. Celle-ci peut désormais menacer ou attaquer, directement ou par satellite interposé, en Europe comme en Asie. Ainsi que l'explique le secrétaire d'État John Foster Dulles, en janvier 1954, on ne peut pas laisser à

6

l'ennemi le choix du lieu, de l'heure et des armes. « Le président Eisenhower a décidé de faire reposer la défense des États-Unis et du monde libre sur une grande capacité de représailles, **par les moyens et à l'endroit que nous choisirons**. » Bref, les États-Unis menacent de **représailles massives** (c'est-à-dire nucléaires), l'URSS et la Chine si elles déclenchent les hostilités.

● Mais en 1957, l'URSS lance dans l'espace le **Spoutnik**, premier engin balistique intercontinental, ce qui signifie, à très brève échéance, la fin de l'invulnérabilité du territoire américain. Dès octobre 1958, s'engagent des négociations américano-soviétiques pour l'arrêt des expériences nucléaires.

B. LES AVATARS DE LA GUERRE FROIDE

a. Les États-Unis et la décolonisation

● Les États-Unis ont toujours été hostiles au colonialisme. C'est une des raisons pour lesquelles Eisenhower refuse d'intervenir en **Indochine** pour empêcher la chute du camp retranché de Diên Biên Phu, où est assiégée l'élite des troupes françaises (mai 1954). Mais, après le partage du Vietnam à la hauteur du 17e parallèle lors de la conférence de Genève, les États-Unis signent le pacte de Manille (8 septembre 1954) avec 7 autres pays (Australie, France, Grande-Bretagne, Nouvelle-Zélande, Pakistan, Philippines, Thaïlande), pour assurer la sécurité dans le Pacifique.

● Le 26 juillet 1956, le président égyptien Gamal Abdel Nasser **nationalise le canal de Suez**, par lequel transite 75 % du pétrole utilisé par l'Europe de l'Ouest. Cette décision suscite les craintes de Londres et de Paris, car, depuis près d'un an, Nasser tisse des liens avec le camp soviétique. De concert avec les Israéliens, les Français et les Britanniques interviennent militairement en Égypte dans les derniers jours d'octobre. Aux yeux d'Eisenhower, Paris et Londres défendent un colonialisme condamné par la morale et par l'histoire. Il dépose à l'Assemblée générale des Nations unies une résolution demandant un cessez-le-feu immédiat, laquelle est adoptée avec la voix de l'URSS. De plus Washington refuse de soutenir la livre sterling, et le Kremlin menace Paris et Londres d'une attaque nucléaire. Les Français et les Britanniques doivent céder. C'est la première crise sérieuse de l'Alliance atlantique.

b. Berlin : la deuxième crise

En 1958, la question de Berlin revient sur le tapis. Le long du
« rideau de fer » qui coupe l'Europe en deux, la ville est une
fenêtre ouverte sur le monde occidental, car on peut y passer
librement de l'est à l'ouest. De 1952 à 1961, près de deux millions d'Allemands de l'Est choisiront cette voie pour s'installer
à l'Ouest, ce qui prive la République démocratique allemande
(RDA) de beaucoup de compétences. En novembre 1958, le
Kremlin demande la transformation d'un Berlin réunifié en
ville libre. L'accès à cette ville serait contrôlé par la RDA. À
défaut, Moscou signerait un traité de paix avec cette dernière.
L'atmosphère se détend quand Nikita Khrouchtchev effectue
en septembre 1959 un voyage aux États-Unis : il est décidé
d'organiser un sommet au printemps suivant avec les Français et
les Britanniques. Mais la conférence de Paris (6 mai 1960) est un
échec total : quinze jours plus tôt, un U2, avion espion américain, a été abattu sur le territoire soviétique.

c. La « perte » de Cuba

Depuis qu'en 1898 les États-Unis ont libéré Cuba de la tutelle
espagnole, la grande île est pour eux un pion important sur le plan
économique (les investissements atteignent 6 milliards de dollars
en 1958), et plus encore sur le plan stratégique parce que Cuba
est bordée par deux détroits de la mer des Caraïbes. Mais en 1958,
quand le président Batista est menacé par la guérilla dirigée par
Fidel Castro, les États-Unis cessent de le soutenir : la CIA a compris trop tard que Castro a des marxistes parmi ses proches (son
frère Raul et Che Guevara), et que son arrivée au pouvoir risque
de faire pencher Cuba vers le camp soviétique. Castro entre à
La Havane le 8 janvier 1959 et gouverne secrètement avec le
parti communiste. Dès le mois d'avril, Moscou lui accorde des
conseillers militaires, puis des armes. En février 1960, Castro
signe un accord commercial avec l'URSS. Eisenhower autorise
alors la préparation d'une opération secrète pour le renverser
(17 mars).

Comme au XIXe siècle les Américains se sont rassemblés à l'Ouest pour mettre en valeur le front pionnier (*frontier*), désormais, déclare John Fitzgerald Kennedy dans un discours électoral en juillet 1960, il faut se rassembler sur une « Nouvelle Frontière » afin de résoudre les nouveaux problèmes, ceux de l'espace, de la guerre et de la pauvreté. Mais quand, trois ans plus tard, le président Kennedy est assassiné, la société américaine est en crise, le problème noir est sur le point d'exploser, et les États-Unis ont commencé de s'engager dans le bourbier vietnamien. La « Nouvelle Frontière » était-elle un objectif impossible ? La politique de Kennedy a-t-elle été entachée d'erreurs ?

1. LE RETOUR DES DÉMOCRATES À LA MAISON-BLANCHE

A. LA CAMPAGNE ÉLECTORALE DE 1960

a. Le nouveau climat

Quand s'ouvre la campagne électorale, la politique du Président sortant est soumise à la critique. On l'attaque pour le ralentissement de l'économie, la « perte » de Cuba et le « *missile gap* » (l'infériorité en missiles intercontinentaux dont souffriraient les États-Unis face à l'URSS). Le consensus fondé sur le conservatisme libéral paraît soudain bien terne. D'après le journaliste Norman Mailer, les Libéraux souhaitent un candidat « qui restaure la dimension héroïque de la politique américaine, réépouse les mythes fondateurs de la nation, et imprime un nouvel élan à la vie comme à l'imagination des Américains ».

b. Un héros de légende

● Face à Eisenhower, qui vient d'avoir 70 ans, le candidat démocrate, le sénateur John Fitzgerald Kennedy, symbolise le **dynamisme** et le **renouveau**. Issu d'une riche famille de Nouvelle-Angleterre, marié à une jeune femme séduisante, père de deux enfants dont le dernier est au berceau, il n'aura pas 44 ans à son entrée à la Maison-Blanche et sera le premier Président catholique. Pour les Libéraux, il est le nouveau « roi Arthur » ; ses conseillers sont surnommés « les meilleurs et les plus intelligents ». Ils doivent faire triompher à Washington la lucidité et le courage.

● Kennedy est aussi l'**homme des médias**. Son charme et celui de sa femme sont exploités par les chaînes de télévision. Dans le débat télévisé qui l'oppose au candidat républicain, Richard Nixon, le vice-président sortant, Kennedy l'emporte facilement, car le message de son rival passe mal sur le petit écran. Nixon est aussi attaqué par les Libéraux pour le rôle important qu'il a joué pour faire inculper Alger Hiss (▶ **page 33**).

c. Les limites d'une victoire

En dépit de ses atouts, Kennedy ne l'emporte que de 110 000 voix lors des élections du 8 novembre. À cette courte victoire s'ajoutent d'autres handicaps. Kennedy s'est présenté au cours de la campagne comme un *cold warrior*, un homme résolu à contenir les avancées de l'URSS. Mais il n'a pas eu le temps de prendre l'exacte mesure des problèmes, et, malgré ses faits d'armes dans le Pacifique en 1943 – dont l'héroïsme a d'ailleurs été exagéré –, il n'a pas une grande expérience des questions militaires. Beaucoup de ses conseillers ont été choisis parmi les universitaires (par exemple, l'historien Arthur Schlesinger Jr). Ils ont certes l'esprit plus ouvert, plus original, plus brillant ; mais, eux aussi manquent parfois d'expérience.

B. DES RÉFORMES SOCIALES LIMITÉES

a. La génération des baby-boomers

En 1960, l'impact du baby-boom se fait sentir : l'âge médian de la population tombe au-dessous de 30 ans (il sera de 28 ans en 1970). L'histoire l'a montré, les populations jeunes sont moins conservatrices (cf. l'exemple de la Révolution française). De plus, les étudiants – qui dans de nombreux pays ont été à l'origine de mouvements réformistes ou révolutionnaires – ont vu leur nombre augmenter rapidement (▶ **page 12 et 37**). C'est d'eux que vont partir les premiers mouvements de protestation contre l'ordre établi : le 1er février 1960, dans une cafétéria de Caroline du Nord, des étudiants noirs déclenchent les premiers *sit-ins* (l'occupation pacifique de locaux qui sont interdits à leur race) ; en avril est formé le *Student Non-Violent Coordination Committee* (SNCC), qui réunit des milliers d'étudiants, noirs et blancs.

7

b. La protestation non violente s'amplifie

En mars 1961, après que la Cour suprême a condamné la ségrégation dans les autocars qui traversent les frontières des États, le *Congress of Racial Equality* (CORE) lance les *freedom rides* (« les voyages de la liberté ») : des militants empruntent en masse des autocars pour vérifier que, dans les États du Sud (Caroline du Nord, Alabama, Mississippi), toutes les installations sont « déségrégées » aux arrêts des cars. Puis des manifestations s'organisent dans les villes du Sud contre la ségrégation. Le mouvement culmine avec la grande manifestation du 28 août 1963 à Washington, qui réunit 250 000 personnes dont 75 000 Blancs. L'essor de ce mouvement doit beaucoup à un leader jeune et charismatique, le pasteur Martin Luther King (né en 1929). De l'autre côté, c'est George Wallace, gouverneur de l'Alabama, qui veut obstinément défendre l'ordre établi.

c. La réponse du Président et du Congrès

● En 1961, l'économie a repris sa croissance, et le Président a donc les mains plus libres pour soutenir ceux qui luttent en faveur de l'égalité raciale. En 1961, il envoie la police fédérale pour protéger les *freedom rides* ; à l'automne 1962, quand l'admission d'un Noir, James Meredith, à l'université d'Oxford (Mississippi) déclenche des émeutes, il dépêche les troupes fédérales. Il les envoie à nouveau au printemps 1963, quand deux bombes sont lancées contre la maison du frère de Martin Luther King en Alabama. Cette fermeté contraint Wallace à accepter des Noirs dans l'université de l'État d'Alabama. Dans cette lutte, Kennedy s'appuie sur les arrêts de la Cour suprême, et il est soutenu par la majorité des Blancs dans le Nord, choqués par les images de la brutalité des policiers qu'ils voient à la télévision.

● Mais, au Congrès, Kennedy se heurte longtemps à une coalition de Démocrates du Sud et de Républicains, qu'il doit ménager parce que leur soutien est essentiel à son objectif prioritaire, la politique étrangère. C'est donc par décret qu'il supprime la ségrégation dans le logement. Mais, en 1962, il parvient à faire adopter le 24e Amendement, qui interdit la *poll tax* (la capitation qu'il faut payer pour être inscrit sur les listes électorales, ce qui permet d'en écarter beaucoup de Noirs). L'Amendement sera ratifié en 1964. Kennedy dépose, en juin 1963, un projet de loi sur les droits civiques, qui n'aura pas encore été voté lors de son assassinat.

2. LA GRANDE PARTIE DE BOULES PLANÉTAIRE

En 1961, la guerre froide prend un nouvel élan, opposant le jeune Président américain et l'imprévisible Khrouchtchev. Sur l'échiquier mondial, chacun cherche à placer ses pions, pour améliorer ses positions, quitte à les échanger au mieux de ses intérêts. Berlin reste un point chaud, mais s'y ajoutent désormais Cuba, le Laos et le Sud Vietnam. La brouille sino-soviétique complique désormais le jeu, tandis que le succès de Castro à Cuba – premier pays à se convertir au marxisme sans avoir été occupé par les troupes communistes –, pousse Khrouchtchev à déclarer en janvier qu'il soutiendra désormais les guerres de libération nationale.

A. LES PREMIERS REVERS

a. La baie des Cochons

● Quand Kennedy prend le pouvoir, l'**opération secrète** contre Cuba autorisée par Eisenhower (▶ **page 40**) est encore en préparation. Il a été décidé, en novembre 1960, de préparer un débarquement d'exilés cubains qui, avec l'appui de la population locale, renverseraient Castro. Cependant ce dernier, avec l'aide de Moscou, renforce ses troupes plus vite que la CIA ne peut entraîner les exilés cubains, d'où des choix délicats pour le nouveau Président.

● Dans ses discours électoraux, Kennedy a critiqué Eisenhower pour la « perte » de Cuba, et il souhaite éliminer Castro le plus rapidement possible. Inversement, il craint que ce débarquement, qui rappellera les interventions armées des États-Unis dans les Caraïbes au début du siècle, n'irrite les Latino-Américains, auxquels, pour se les concilier, il propose l'Alliance pour le Progrès le 13 mars. Le Président **s'empêtre dans ces contradictions**, cherchant à « cacher la main de l'Amérique » dans l'opération secrète, même aux dépens de l'efficacité. Il est donc décidé de faire le débarquement non à Trinidad, dont la rade était propice, mais dans la baie des Cochons, dont la CIA n'a pas eu le temps de repérer les fonds.

● Le **débarquement** (le 17 avril) est **un désastre** pour les exilés et **une humiliation** pour les États-Unis : faute de tirant d'eau, les bateaux ne peuvent pénétrer très avant dans la baie, et les exilés cherchent à gagner le rivage en pataugeant dans l'eau. Ils sont accueillis par les tanks et l'artillerie de Castro, également par ses avions. Kennedy a en effet annulé deux des trois raids aériens des exilés cubains, qui auraient dû les annihiler, et il refuse de laisser intervenir l'aviation américaine : au moins 1 189 exilés cubains sont faits prisonniers, qui seront libérés en décembre 1962, au lendemain de la crise des missiles. Kennedy accepte l'entière responsabilité de cet échec, bien que la CIA en porte une large part, car elle a minimisé les risques de l'opération. De surcroît Kennedy n'avait pas gagné la confiance des militaires, qui n'ont pas émis leurs critiques avec assez de netteté.

b. Le sommet de Vienne

Dès son entrée en fonctions, Kennedy veut organiser une rencontre avec Khrouchtchev pour trouver un accord sur l'arrêt des essais nucléaires. Le principe en est acquis en avril, mais semble pour un temps remis en cause par l'opération de la baie des Cochons. Le Sommet se tient finalement à Vienne, les 3 et 4 juin 1961. Kennedy déclare d'emblée qu'il souhaite éliminer les malentendus et les « erreurs de calcul » dans les décisions des deux Grands. Khrouchtchev riposte par une défense du communisme et la nécessité de défendre les intérêts nationaux de l'URSS. Aucun accord ne peut être trouvé ni sur Berlin ni sur l'arrêt des essais nucléaires.

c. Le mur de Berlin

Dans la nuit du 12 au 13 août, sous la surveillance des troupes est-allemandes, commence l'érection du mur de Berlin. Interdisant la libre circulation de Berlin-Est à Berlin-Ouest, ce mur met fin à l'exode des Allemands de l'Est (▶ page 40) vers la République fédérale d'Allemagne (RFA) ; mais il est aussi une violation des accords de Potsdam. Cependant, la riposte de Kennedy est faible. Il se contente de tester le libre accès des troupes américaines à Berlin à travers la RDA. « Le mur vaut mieux qu'une guerre », aurait-il dit à ses conseillers.

B. DU LAOS AU VIETNAM

a. Le Laos : une neutralisation en trompe-l'œil

● Dans le pacte de Manille (▶ page 39), les États-Unis ont fait inscrire la défense de trois États indochinois (Laos, Sud Vietnam, Cambodge). **Mais ce qui menace le Laos, c'est la guerre civile.**

Les milices armées du Pathet Lao (le PC laotien), qui contrôlent les provinces du Nord-Est, continuent d'être armées par la République démocratique du Vietnam (RDV). Pour répondre à cette menace, les Américains conseillent et équipent l'armée royale laotienne. Après une période d'accalmie, la guerre civile reprend en 1959 ; en décembre 1960, pour équilibrer le pouvoir de la Chine, l'URSS organise un pont aérien pour soutenir le Pathet Lao en armes et vivres. Eisenhower laisse à Kennedy le soin de décider si les États-Unis doivent intervenir militairement.

● Pour maintenir son image de *cold warrior* (▶ **page 42**), Kennedy menace le 23 mars d'envoyer des troupes au Laos. Mais dans ce pays montagneux, sans accès à la mer, dépourvu de bonnes routes et d'aérodromes, ce serait une opération onéreuse et difficile. Il accepte donc que le problème soit discuté par la **conférence** qui se réunit à **Genève**, le 20 mai. Un an plus tard (23 juillet 1962), celle-ci confirme la neutralité du Laos, déjà affirmée en 1954. Mais le gouvernement laotien, composé de neutralistes et de communistes, a tissé de nombreux liens avec Pékin, et c'est le Pathet Lao qui contrôle les zones frontalières à l'Est : il continue de recevoir de la RDV des hommes et du matériel, et laisse s'établir **la piste Hô Chi Minh,** qui permet d'alimenter la guérilla au Sud Vietnam.

b. L'engagement au Vietnam

La contrepartie de la perte du Laos, c'est l'engagement au Vietnam, afin que soit poursuivie la politique du *containment*. Kennedy refuse d'y engager massivement l'armée de terre américaine, qui pourrait tenter de couper la piste Hô Chi Minh. Il se contente, en décembre 1961, d'envoyer des conseillers militaires (ils sont 3 200 en janvier 1962, 16 000 fin 1963), qui soutiennent les opérations menées par l'armée sud-vietnamienne contre la guérilla. Mais il est difficile de vaincre celle-ci alors que les renforts ne cessent de parvenir par la piste Hô Chi Minh – 4 000 hommes seront infiltrés en 1961 – (▶ **page 58**).

C. LA CRISE DES MISSILES

a. L'opération Mangouste

Après l'humiliation de la baie des Cochons et l'érection du « mur de la honte » à Berlin, Kennedy cherche à reprendre sa revanche à Cuba. À l'automne de 1961, il autorise l'opération

7

Mangouste (une série de raids d'émigrés cubains pour des actions de sabotage à Cuba afin de déstabiliser Castro), et il demande aux chefs d'état-major de préparer des plans d'invasion de la grande île, sans pour autant donner l'autorisation de les mettre en œuvre. De plus, sans que le Président en soit officiellement informé, la CIA prépare des tentatives d'assassinat de Castro.

b. Les craintes du Kremlin

Khrouchtchev a eu vent des projets d'invasion de Cuba, mais il ignore que le Président ne les a pas encore autorisés. Là-dessus se greffe le problème nucléaire. L'URSS est la première à lancer un homme dans l'espace, Iouri Gagarine, le 12 avril 1961, et il faudra 10 mois pour qu'un Américain, John Glenn, réalise un exploit comparable. Mais ce succès soviétique ne cache pas l'infériorité de l'URSS en matière de missiles intercontinentaux : le *missile gap* n'a jamais existé, comme le déclare publiquement le Pentagone (octobre 1961). De surcroît, les États-Unis installent en Turquie des missiles Jupiter, qui peuvent frapper l'URSS en 10 minutes, alors qu'il en faudrait 25 aux missiles soviétiques pour traverser l'Atlantique. Enfin, en mars 1962, la brouille entre Castro et le leader du PC cubain fait craindre un rapprochement entre La Havane et Pékin : de toute évidence, il faut faire quelque chose pour maintenir le pion cubain sur l'échiquier soviétique.

c. La décision de Khrouchtchev

C'est donc un écheveau de raisons qui pousse Khrouchtchev à décider d'implanter des missiles nucléaires à Cuba : à 150 kilomètres des côtes américaines, ils forceront les Américains à vivre sous une menace comparable à celle des Jupiter et ils protégeront Castro contre un débarquement américain. Le maître du Kremlin espère que l'installation pourra se faire dans le secret. Mais la CIA a eu vent de quelque chose, et, en octobre, Kennedy autorise le survol de Cuba par un avion espion U2 : des photos prises le 14 révèlent la présence de missiles nucléaires à Cuba.

d. Les treize jours au bord du gouffre

● Le 16 octobre, le Président est informé de la situation à Cuba. Il entame un débat secret avec un groupe de conseillers pour décider de la riposte. Il faudrait des frappes aériennes très nombreuses pour détruire les installations soviétiques à Cuba. De plus, l'URSS pourrait répondre par une frappe nucléaire. Kennedy décide donc le **blocus** (appelé quarantaine) de Cuba pour forcer les Soviétiques à retirer leurs missiles. La décision est annoncée publiquement le 22, suivie par un débat aux Nations unies.

● Parallèlement, des **négociations secrètes** commencent avec les Soviétiques. Ceux-ci comprennent vite que leur infériorité nucléaire et navale leur interdit de l'emporter. De son côté, Kennedy offre deux concessions : l'engagement de ne pas envahir Cuba, celui de retirer les Jupiter de Turquie. Le 28, Khrouchtchev accepte de retirer ses missiles, mais seule la première concession américaine est rendue publique. L'affrontement militaire américano-soviétique est évité ; il aurait été d'autant plus redoutable que l'URSS avait installé des armes nucléaires tactiques sur le pourtour de l'île.

D. LES LENDEMAINS QUI CHANTENT ET DÉCHANTENT

a. Vers la détente

Moscou a dû reculer et les États-Unis paraissent les grands gagnants. Mais l'URSS garde à Cuba des troupes et des services de renseignement. C'est dans une certaine mesure un succès qui l'autorise à se dégager du Laos, alors que les États-Unis vont bientôt s'enliser au Vietnam. Un nouveau climat s'instaure entre les deux Grands, qui va permettre, en août 1963, la signature d'un traité sur l'arrêt des expériences nucléaires dans l'atmosphère (États-Unis, URSS, Grande-Bretagne).

b. La mort de Kennedy

Le 22 novembre 1963, Kennedy, qui fait une tournée de discours au Texas, est assassiné à Dallas. Cette fin tragique, dont les causes ne sont pas complètement élucidées, fait de Kennedy un héros mythique. C'est une des raisons pour lesquelles le président Johnson ne remettra pas en cause l'engagement au Vietnam amorcé par son prédécesseur.

L'assassinat de Kennedy ouvre les portes de la Maison-Blanche au vice-président Lyndon Baynes Johnson. Tout semble opposer ce dernier à son prédécesseur : âgé de 55 ans, il est texan et d'origine modeste. Il a fait quasiment toute sa carrière au Capitole : assistant d'un représentant à l'âge de 23 ans, élu lui-même représentant à 29 ans, puis sénateur à 39 ans, il connaît bien les problèmes intérieurs et les mécanismes parlementaires. Mais il n'a guère voyagé à l'étranger et s'est peu intéressé à la politique extérieure. La grande figure dont il veut s'inspirer, c'est F. D. Roosevelt, dont il va chercher à prolonger le New Deal. Il ne veut pas, dit-il, être le Président qui bâtit un empire et recherche la grandeur, mais celui qui instruit les enfants, aide ceux qui ont faim à se nourrir, et protège le droit de vote de chacun.

A. LA GRANDE SOCIÉTÉ

Le 8 février 1964, Johnson déclare « une guerre sans merci contre la misère », et, le 22 mai suivant, à l'université d'Ann Arbor, il évoque l'avènement d'une « Grande Société ».

a. La lutte contre la discrimination raciale

● À son arrivée au pouvoir, Johnson reprend à son compte le projet de loi sur les **droits civiques des Noirs** déposé au Capitole par Kennedy (▶ **page 43**). Adoptée par le Congrès après un débat difficile, cette loi est signée par le Président le 2 juillet 1964 : elle interdit toute discrimination raciale dans les lieux publics, les emplois, les écoles et l'inscription sur les listes électorales. Les subventions fédérales seront retirées aux États qui ne respecteront pas cette dernière disposition.

● Comme les positions avancées prises par Truman sur le problème noir en 1948 ont suscité dans le Sud la création du *Dixiecrat* (▶ **page 13**), la ratification du 24ᵉ Amendement (▶ **page 43**) et le vote de la loi de 1964 provoquent la réaction de la droite : pour les élections présidentielles de novembre, les Républicains choisissent pour candidat Barry Goldwater, le sénateur ultraconservateur de l'Arizona. **Johnson l'emporte avec 61 % des votes populaires**, mais l'Arizona et cinq États du Sud (Louisiane, Mississippi, Alabama, Géorgie, Caroline du

Sud) ont voté républicain. C'est le début du **revirement décisif**, qui se confirme aux élections de 1968 : le Sud, qui depuis 1878 votait « solidement » démocrate, va devenir un bastion du parti républicain.

● La loi de 1964 n'est cependant pas respectée partout. En mars 1965, **Martin Luther King**, qui a reçu le **prix Nobel de la paix** l'année précédente, organise une grande manifestation à Selma (Alabama), où seulement 3 % des Noirs sont inscrits sur les listes électorales ; elle accélère le vote d'une nouvelle loi (6 août), qui autorise les fonctionnaires fédéraux à y inscrire d'office les Noirs si n'y sont pas enregistrés au moins la moitié de ceux qui sont en âge de voter.

b. Vers l'État providence

Pour mener la « guerre sans merci contre la misère », Johnson fait voter, en août 1964, l'*Economic Opportunity Act*, qui, avec un budget de près de 1 milliard de dollars, crée des programmes de formation professionnelle et accorde des prêts aux petites entreprises. En 1965, deux réformes de santé publique sont adoptées : le *Medicare*, qui prend en charge les frais d'hospitalisation des personnes âgées, et le *Medicaid*, qui couvre les frais médicaux des plus défavorisés. Le lancement de grands travaux publics et les commandes militaires dues à la guerre du Vietnam (▶ **page 54**) font régresser le chômage qui tombe à 4,5 %. Le plein emploi, joint à des réductions d'impôts dès 1964, élève le niveau de vie en moyenne de 3 % par an. Le nombre de pauvres recule de 34,6 à 25,9 millions entre 1964 et 1969.

c. Une nouvelle politique d'immigration

Au milieu des années 1960, l'immigration reste régie, avec quelques aménagements, par le système des quotas instauré dans les années 1920 : les pays qui ont fourni le plus d'immigrants jusqu'en 1890 (essentiellement l'Europe de l'Ouest) sont les plus favorisés. Avec la loi du 3 octobre 1965, les critères changent : sont privilégiés d'une part les compétences des nouveaux arrivants, d'autre part le « regroupement familial ». Cette loi va ouvrir la voie, dans les décennies suivantes, à l'arrivée massive des Latino-Américains et des Asiatiques.

B. POUVOIR NOIR ET MULTICULTURALISME

a. Le revirement des Noirs

Depuis 1957, sous l'égide du pasteur Martin Luther King (▶ **page 49**), le mouvement antiségrégationniste était fondé sur la non-violence et l'alliance avec les Blancs ; il avait pour but d'intégrer les Noirs dans la société américaine. Malcolm X oriente la communauté noire dans une tout autre direction. Bien que fils d'un pasteur baptiste, il devient disciple des *Black Muslims* et exhorte ses frères de race à rejeter la chrétienté. Il les appelle aussi à répondre par la violence à celle dont ils sont souvent victimes, et à exalter leur négritude au lieu de chercher à s'intégrer. Il est assassiné en février 1965, par un groupe rival, mais, en 1966, le slogan du *Black Power* est repris par Stokely Carmichael, leader du SNCC (▶ **page 49**). La même année se forme dans les ghettos de la côte Ouest le *Black Panther Party*, dont la rhétorique violente se résume dans le slogan « Tuez tous les porcs » (c'est-à-dire les policiers).

b. La lutte se déplace vers le Nord

Dans le Nord, les Noirs sont soumis à une ségrégation *de facto* : alors que les Blancs s'en vont vers des banlieues aérées et prospères, les Noirs s'entassent dans les villes qui s'appauvrissent. En 1969, 43 % des familles noires sont en dessous du seuil de pauvreté, car leurs salaires sont en moyenne inférieurs de 40 % à ceux des Blancs. Facteur aggravant, la proportion de familles monoparentales et de naissances hors mariage est beaucoup plus élevée que chez les Blancs. Dans ce contexte difficile, la violence déferle sur les villes. Elle commence en 1965, avec l'émeute de Watts, dans la banlieue de Los Angeles, puis, comme un incendie, elle gagne, en 1967 et 1968, une centaine de villes dans le nord et l'est du pays. Les Noirs sont les principales victimes de cette flambée de violence, qui fait 280 morts et 10 000 blessés.

c. Du creuset au multiculturalisme

Alors que les États-Unis s'étaient longtemps voulus le creuset de toutes les races et civilisations, très vite le *Black Power* fait école. Les Mexicains, surnommés Chicanos, et les Indiens vont exiger la reconnaissance de leur identité. Les femmes, enfin, veulent défendre leurs droits : en 1966, Betty Friedan, auteur de *La Femme mystifiée*, fonde la *National Organization of Women* (NOW). Le bilinguisme est instauré dans certaines écoles ; en septembre 1965, le Président signe un décret instaurant l'*affirmative action* : les entreprises et institutions bénéficiant de subventions fédérales sont invitées à réserver un certain quota d'emplois aux minorités non blanches et aux femmes.

C. LA REMISE EN CAUSE DES PRINCIPES FONDATEURS DE L'AMÉRIQUE

a. Recul de la religion et essor de la contre-culture

● Depuis les origines des États-Unis, l'éthique du protestantisme a été l'un des éléments majeurs de la vie publique et privée, pilier essentiel du civisme comme de la cohésion familiale et nationale (▶ **page 37**). Par un revirement important, **la Cour suprême interdit en 1962 les prières dans les écoles publiques**. De plus, à la suite du concile Vatican II (1962-1965), les catholiques, mais aussi des protestants, ont tendance à s'intéresser davantage aux problèmes sociaux qu'aux besoins spirituels.

● Ainsi se développe dans les années 1960 une contre-culture. Le puritanisme cède la place à l'**individualisme**, à l'**hédonisme** et à la **libération sexuelle**. La contre-culture est propagée par la littérature, le cinéma, le théâtre. Mais son meilleur soutien, c'est l'apogée du baby-boom : de 1960 à 1970, le nombre des jeunes de 14 à 24 ans passe de 15 à près de 20 % de la population totale. Pourtant les jeunes sont aussi ceux qui souffrent le plus de la libération des mœurs, par la hausse de la drogue et de la criminalité qu'elle entraîne.

b. La guerre du Vietnam et la crise de conscience américaine

● Parce qu'elle se déroule quotidiennement sur le petit écran et, plus encore, parce qu'elle s'enlise sans apporter la victoire promise, la guerre du Vietnam (▶ **page 54**), devient rapidement impopulaire. Elle affecte presque autant les populations civiles que les combattants. Engagée pour contenir la progression du communisme, et donc, selon le discours officiel, « préserver au Vietnam la liberté et la prospérité », elle semble n'apporter que le sang et les larmes. Très vite, elle **met en cause le consensus de politique étrangère** né en 1947 (▶ **page 21**) : pourquoi se battre si loin des frontières contre un danger peut-être imaginaire, alors qu'il faudrait conserver les ressources de l'Amérique pour lutter contre la pauvreté, développer l'éducation, protéger l'environnement ?

● Très rapidement les **universités** deviennent le fer de lance de la **contestation**. Elles abritent 6 millions d'étudiants en 1960, 8 millions en 1970 (1 Américain sur 24). Ils viennent principalement des classes moyennes, et, après une enfance douillette et surprotégée, découvrent soudain le fossé qui sépare les principes américains de la réalité. Les Libéraux sont au pouvoir et préparent l'avènement de l'État providence, mais les réformes ne produisent pas leurs fruits immédiatement, d'où la déception des jeunes, puis leur révolte. Dès 1960, des étudiants se regroupent dans le *Students for a Democratic Society* (SDS). À Berkeley, en septembre 1964, est fondé le *Free Speech Movement*, pour garantir par des *teach-ins* (séances d'études) la libre discussion des questions politiques dans les universités.

● Les chevaux de bataille des étudiants, ce sont l'abolition des armes nucléaires, la fin de la ségrégation, puis **la guerre du Vietnam**. Elle rassemble contre elle 20 000 manifestants à Washington en avril 1965, 500 000 à New York en avril 1967. En octobre, 50 000 protestataires tentent de faire le siège du Pentagone.

● La contestation estudiantine est appelée **Nouvelle gauche** car, à la différence de la « vieille gauche », marxiste ou marxisante, elle est idéaliste, moraliste, libertaire. Au départ, ses maîtres à penser ne sont pas Marx ou Lénine, mais Freud et Marcuse. Puis la Nouvelle gauche se radicalise. Elle se rapproche du marxisme, devient tiers-mondiste, accuse les États-Unis de fascisme et les surnomme **Amerika**. Elle finit par accepter le recours à la violence. Che Guevara et Mao Zedong sont alors ses idoles. Mais la violence finit par se retourner contre ceux-là mêmes qui contestent l'ordre établi : deux grandes figures du mouvement réformateur sont assassinées, le pasteur King, le 4 avril 1968, et Robert Kennedy, le frère de l'ancien Président, le 5 juin. Ces excès écœurent une grande partie des Américains, qui, par réaction, vont se tourner vers la droite et seront appelés la « majorité silencieuse » (▶ **page 63**).

LA GUERRE DU VIETNAM (1963-1973)

Par l'envoi de conseillers militaires au Vietnam en décembre 1961, le président Kennedy a voulu conjurer la progression des communistes en Asie. En fait, il met le doigt dans un engrenage qu'il ne contrôle pas, puisque le Nord Vietnam (RDV) continue de fournir des renforts au Sud. Pour sortir de l'impasse, Lyndon Baynes Johnson engage les forces armées américaines, mais, faute de stratégie comme de soutien populaire, la victoire lui échappera. À son entrée à la Maison-Blanche, en janvier 1969, Richard Nixon décide donc de désengager les forces de son pays, et s'oriente vers une paix boiteuse (janvier 1973), qui ouvrira la voie à la chute de Saigon en 1975.

1. LE RAPPORT DES FORCES EN 1963

A. LES DEUX VIETNAM

a. L'impossible réunification

Depuis les accords de Genève (1954) qui ont mis fin à la guerre d'Indochine, le Vietnam est divisé en deux États, la République démocratique du Vietnam (RDV), au nord du 17e parallèle, et la République du Vietnam (RV), au Sud. Sont également prévues des élections libres qui doivent permettre la formation d'un gouvernement commun aux deux États, et donc leur réunification. Mais, en raison du rapport démographique, favorable au Nord, et de la propagande faite au Sud par les communistes, ces élections ont toutes chances de donner la majorité à ces derniers, qui pourront ainsi réunifier le Vietnam sous leur direction. Dans une déclaration annexée aux accords, le Sud Vietnam a affirmé son droit à préserver ses libertés et fait des réserves sur la tenue des élections. Il a été soutenu en cela par les États-Unis et, en 1955, il refuse de se prêter à la préparation des élections générales.

b. le Sud Vietnam : un État fragile

Depuis 1955, la RV est présidée par Ngô Dinh Diem, qui a le soutien des Américains. Avec l'aide de son frère Ngô Dinh Nhu, il gouverne de manière autoritaire. Catholique, il suscite l'opposition des bouddhistes et des sectes. Il mène à l'égard des communistes une politique de répression brutale mais efficace, ce qui pousse le Nord à décider la reprise de la guérilla dans

9

le Sud en janvier 1959. En décembre 1960 est créé le Front national de libération (FNL) : dominé par les communistes, il regroupe beaucoup de Vietnamiens qui ne le sont pas, mais qui, en raison de leur hostilité à Diem et aux Américains, acceptent de faire cause commune avec eux.

c. Hanoi et ses alliés

Le gouvernement de la RDV, présidé par Hô Chi Minh, est résolument décidé à réunifier le Vietnam, si possible par des élections ou des négociations, sinon par la force. En janvier 1961, il forme l'Armée populaire de libération (APL), dont les combattants, entraînés en RDV, sont originaires du Sud, et y retournent par la piste Hô Chi Minh (▶ **page 58**). Hanoi est soutenu par les Soviétiques et les Chinois, qui lui fournissent une aide économique et militaire, car, à leurs yeux, la guérilla au Sud Vietnam est une guerre de libération nationale qui doit délivrer le pays de l'impérialisme américain.

B. LES PREMIÈRES ERREURS

a. La Malaisie, un exemple fallacieux

Le succès que les Britanniques ont remporté en 1948 dans leur lutte contre la guérilla malaise incite Kennedy à soutenir, par l'envoi de conseillers militaires (▶ **page 46**), une contre-guérilla au Vietnam. Mais l'exemple de la Malaisie n'est pas pertinent : d'une part, la guérilla y était facilement repérable parce que composée essentiellement de Chinois ; d'autre part, à cause de sa situation géographique, elle pouvait difficilement recevoir des renforts du bloc communiste. Au contraire, les combattants de l'APL se fondent dans la population, et ils sont soutenus par le « Grand Arrière » (selon la terminologie maoïste), la République démocratique du Vietnam et la Chine, avec lesquelles ils communiquent par la piste Hô Chi Minh.

b. L'échec des « hameaux stratégiques »

● Pour lutter contre la progression du FNL dans les campagnes, Diem et les Américains décident de regrouper les paysans dans des « hameaux stratégiques », qui seront facilement défendables. Mais les paysans sont mécontents de devoir quitter, avec leurs habitations traditionnelles, l'autel de leurs ancêtres ; et la réforme est d'autant plus brutale qu'un de ses responsables, **Albert Pham Ngoc Thau,** est un communiste : il avait été infiltré dans l'administration et travaillait à renforcer l'opposition contre Diem, ainsi que le révélera dans ses *Mémoires* l'un de ses proches, Truong Nhu Tang, membre comme lui du Vietcong (le Front national de libération), et qui, en 1978, quittera le Vietnam parmi les *boat people*.

● Afin de mieux repérer les combattants de l'APL, et les empêcher d'arriver jusqu'aux hameaux, l'aviation sud-vietnamienne **déverse des défoliants** sur les forêts. Mais l'APL creuse des souterrains pour parvenir à se déplacer. En janvier 1963, grâce aux armes reçues d'URSS et de Chine, elle parvient à détruire plusieurs hélicoptères de l'armée sud-vietnamienne, et fait 69 morts dont 3 conseillers américains.

c. L'assassinat de Diem

L'échec de la lutte antiguérilla envenime les rapports entre les dirigeants américains et Diem. Son frère Nhu, craignant d'être « lâché » par Washington, entame des négociations secrètes avec Hanoi. Des généraux sud-vietnamiens inquiets de ces négociations, préparent un coup d'État contre Diem. L'ambassadeur américain à Saigon, Cabot Lodge, est au courant, mais s'abstient de protéger Diem. Celui-ci est assassiné avec son frère le 1er novembre 1963. S'ouvre alors une période d'instabilité politique au Sud Vietnam.

2. JOHNSON DANS L'ENGRENAGE

A. L'ESCALADE

a. Le Nord décide d'intensifier la lutte

En décembre 1963, la RDV décide de passer de la guérilla à la guerre classique et donc de former des unités de combat régulières. Dans ce but, elle passe en février 1964 un accord avec le Pathet Lao pour maintenir la piste Hô Chi Minh ouverte en permanence, et elle commence à infiltrer au Sud des cadres natifs du Nord. Enfin le prince Norodom Sihanouk, qui gouverne le Cambodge, autorise le transit, à travers son pays, d'armes chinoises à destination de l'APL. Les États-Unis rompent les relations diplomatiques avec le Cambodge en 1965.

b. L. B. Johnson prisonnier du « mythe Kennedy »

Comme on l'a dit, Johnson, à son arrivée au pouvoir, a peu d'expérience en politique étrangère ; il ne veut pas « bâtir un empire, mais nourrir ceux qui ont faim » (▶ **page 49**). Mais il ne veut pas rompre avec la politique de Kennedy, et autorise des opérations militaires près de la piste Hô Chi Minh.

B. LES ÉTATS-UNIS ENTRENT DANS LA GUERRE

a. Le dilemme de Johnson

Dès janvier 1964, les chefs d'état-major ont recommandé au Président des mesures qui, selon eux, pouvaient produire la victoire : bombarder la RDV et la piste Hô Chi Minh pour paralyser l'effort de guerre au Nord et arrêter les infiltrations vers le Sud ; envoyer les troupes américaines pour relayer les troupes sud-vietnamiennes mal entraînées ; donner l'entière responsabilité des opérations au commandement américain. Mais le coût de la guerre peut mettre en danger les réformes de la « Grande Société » (▶ **page 49**), et Johnson veut se présenter comme le défenseur de la paix aux élections présidentielles de l'automne 1964. Aussi ne cesse-t-il de louvoyer.

b. La résolution du golfe du Tonkin

Le 1er août 1964, un navire américain, le *Maddox*, qui se livre à l'espionnage électronique dans les eaux internationales au large des côtes nord-vietnamiennes, est pris en chasse et menacé par des unités de la RDV qui le confondent avec un navire sud-vietnamien qui a bombardé leurs côtes. Le 4, le *Maddox*, à tort, se croit à nouveau attaqué, et prévient trop tard le Pentagone de sa méprise : Johnson a déjà déposé au Capitole une résolution qui, en vertu de ses pouvoirs de commandant en chef des armées, lui permet de les engager au Sud Vietnam pour riposter à une agression contre ce pays. La résolution est adoptée par le Congrès à une écrasante majorité le 7 août.

c. Des ennemis inégaux

● Au début de 1965, l'aviation américaine est autorisée à bombarder les positions ennemies. Mais, en février, les attentats commencent contre les bases aériennes. Le commandant de la zone du Pacifique et du théâtre indochinois, le général Westmoreland, demande l'appui des forces terrestres : le 5 mars, **3 500 Marines débarquent à Danang** bientôt suivis de 20 000 soldats supplémentaires. Les forces américaines au Vietnam s'élèveront à

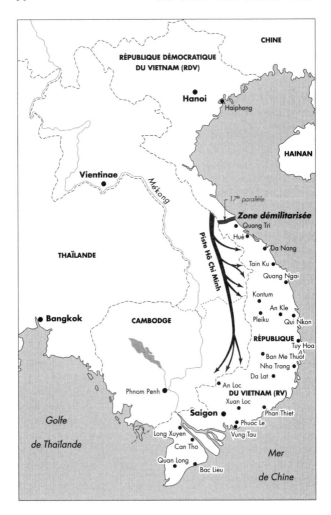

184 000 hommes à la fin de 1965, 385 000 en 1966, 485 000 en 1967, 536 000 en 1968. L'armée sud-vietnamienne atteindra 800 000 hommes en 1968. Les forces communistes ont été évaluées à 500 000 hommes.

● **Les États-Unis et leurs alliés sud-vietnamiens** ont la supériorité numérique et celle de la puissance de feu. Mais l'armée

9

américaine coûte cher, en raison de son matériel sophistiqué, également parce que, en dehors des zones de combat, les troupes vivent sur des bases bénéficiant de tout le confort de l'*american way of life*. L'efficacité de cette armée est réduite par la durée limitée à un an du séjour au Vietnam : les hommes passent des semaines à s'habituer au climat, à l'environnement, au maniement des armes ; à la fin du séjour, ils n'ont guère envie de se faire tuer, à quelques jours du retour chez eux. Ils savent aussi que l'opinion publique est de moins en moins favorable au conflit. La démocratie américaine n'est pas préparée à supporter une guerre longue dont les objectifs n'ont pas été clairement définis ; et les États-Unis ont dans le monde des intérêts trop divers et trop nombreux pour que le Vietnam reste longtemps prioritaire.

● À l'opposé, l'APL **et l'armée de la** RDV sont des armées plus modestes, qui se déplacent à pied ou à bicyclette. Ni les soldats ni la population de la RDV n'ont les moyens de contester les privations et les souffrances de la guerre. Quant au gouvernement de Hanoi, il est résolu à une guerre longue, et n'a qu'un objectif : la victoire qui lui permettra de réunifier le Vietnam.

d. Une guerre sans stratégie

● Le secrétaire à la Défense, Robert McNamara, ancien dirigeant des usines Ford et passionné par les chiffres, est convaincu en 1965 que **la** RDV, petit pays non industrialisé, **ne peut résister à la puissance de feu américaine**. De fait, le général Westmoreland infligera de lourdes pertes aux régiments de l'APL et de la RDV qu'il combat dans les zones frontalières.

● Mais les **bombardements** sur les objectifs stratégiques de la RDV (dépôts de carburant, nœuds de communication…) ne donnent pas les résultats escomptés. Johnson refuse de les étendre jusqu'à la frontière chinoise pour ne pas provoquer Pékin, qui, en 1964, a fait exploser sa première bombe atomique. Il choisit lui-même les objectifs en fonction de critères qui ne sont pas forcément militaires. Pendant les négociations officieuses qui ont lieu avec Hanoi au début de 1967, il les suspend en signe de bonne volonté ; mais les Nord-Vietnamiens en profitent pour accélérer les infiltrations d'hommes et d'armes au Sud. La décision de Johnson s'explique par une interprétation erronée de la crise des missiles (▶ **page 46**) : l'heureuse issue de celle-ci, serait due, non à la supériorité nucléaire américaine, mais au fait que les deux adversaires auraient utilisé leurs moyens militaires, non pour atteindre des objectifs stratégiques, mais comme une suite de signaux diplomatiques.

3. LE TOURNANT

A. L'ÉCHEC DE JOHNSON

a. L'offensive du Têt

À la fin de 1967, le général Giap, qui commande l'armée de la RDV, lance des opérations dans la région de Hué, près du 17ᵉ parallèle, afin d'y attirer l'élite des troupes américaines. Les défenses de Saigon et des autres villes du Sud sont ainsi dégarnies : Giap estime qu'il doit être facile de les attaquer et de provoquer le soulèvement de la population contre les Américains et le gouvernement sud-vietnamien. L'offensive débute le 31 janvier, pendant les fêtes du Têt, le nouvel an vietnamien. L'APL remporte quelques succès spectaculaires (elle occupe pendant quelques heures les jardins de l'ambassade américaine à Saigon, épisode filmé par la télévision américaine). Mais la population ne se soulève pas, et, sauf à Hué, qui demeure aux mains des communistes jusqu'au 25 février, les forces américaines reprennent rapidement le dessus. L'APL et le FNL sont décimés. C'est l'armée du Nord qui seule pourra désormais poursuivre la lutte.

b. Des réactions contrastées à Washington

Du point de vue militaire, l'offensive du Têt a été une victoire pour les Américains. Westmoreland demande donc des renforts afin de consolider son succès. Mais l'opinion américaine a été révulsée par les images des combats retransmises à la télévision, et la Nouvelle gauche est en pleine radicalisation. Bien que la majorité des étudiants, de sursis en sursis, échappent au service militaire, et donc à la guerre du Vietnam, Mao est un de leurs maîtres à penser et Hô Chi Minh une de leurs idoles. Au sein du gouvernement, Johnson est pris entre les faucons, qui veulent poursuivre le conflit, et les colombes, qui veulent l'arrêter. Il opte pour la seconde voie : parce que la campagne présidentielle va s'ouvrir et que l'envoi de renforts au Vietnam entraînerait la mobilisation des réserves (donc la désorganisation de l'économie) et pourrait mettre en danger d'autres positions américaines dans le monde.

9

c. Le discours du 31 mars

Le 31 mars, Johnson annonce, dans un discours télévisé, qu'il ne se représentera pas aux élections. Il propose également des pourparlers de paix avec la RDV ; mais au lieu de négocier en position de force, il décide unilatéralement de réduire les bombardements en les limitant à l'extrémité méridionale de la République démocratique du Vietnam. Celle-ci accepte d'ouvrir les préliminaires de la négociation à Paris le 13 mai : la défaite militaire du Têt s'est transformée en victoire politique pour Hanoi. Le 31 octobre, Johnson décide l'arrêt inconditionnel des bombardements au nord du 17e parallèle, dans l'espoir que Hanoi acceptera d'entamer les négociations (et pas seulement leurs préliminaires). Mais c'est un espoir déçu, qui contribue, le 5 novembre, à la victoire du candidat républicain, Richard Nixon.

B. VERS LA PAIX BOITEUSE

a. La nouvelle stratégie

Afin de permettre le rapatriement de la plus grande partie des troupes américaines, le président Nixon accélère la « vietnamisation » (c'est-à-dire l'accroissement des forces armées du Sud Vietnam). Celles-ci passent de près de 800 000 hommes à la fin de 1967 à 1 million en 1971, tandis que les effectifs américains tombent de 536 000 hommes en 1968 à 156 000 en 1971 et à 24 000 en 1972. Parallèlement, les États-Unis tentent de réduire l'appui que la RDV reçoit de la Chine et de l'URSS en donnant un nouvel élan à la détente avec ces deux pays (▶ **page 65**). Mais les initiatives diplomatiques américaines se doublent d'une nouvelle agressivité dans les opérations militaires.

b. Peut-on couper la piste Hô Chi Minh ?

● En mars 1969, l'aviation américaine bombarde le **Cambodge** pour y détruire les bases des forces communistes. Après la destitution du prince Sihanouk et la formation d'un gouvernement qui renonce à la neutralité du Cambodge (mars 1970), Nixon annonce que les forces américaines vont pénétrer dans ce pays pour y achever le « nettoyage » des forces communistes. Cette décision relance la contestation : en mai, une émeute à l'université de Kent (Ohio) fait 4 morts, et, le 10 juillet, le Sénat vote l'abrogation de la résolution du golfe du Tonkin. Il n'est pas suivi par la Chambre des représentants, mais, dès la fin juin, Nixon a retiré les troupes du Cambodge.

● En février 1971, les forces sud-vietnamiennes, appuyées par l'aviation américaine, tentent de couper la piste Hô Chi Minh **au Laos**. C'est un échec sanglant. En 1972 la grande « offensive de Pâques » des forces nord-vietnamiennes sur Hué est également un échec à cause de la riposte de Nixon : des bombardements massifs sur la RDV, le minage de ses ports et le blocage de ses côtes.

c. Les accords de Paris

Les négociations de paix se sont finalement ouvertes en janvier 1969. Elles aboutissent 4 ans plus tard aux accords de Paris (27 janvier 1973), qui décrètent l'armistice au Vietnam, mais autorisent les forces de l'armée de la RDV et de l'APL (environ 300 000 hommes) à rester au Sud Vietnam. Les accords avantagent donc la République démocratique du Vietnam, d'autant que l'aide que le gouvernement américain pourra accorder au Sud dépendra de la bonne volonté du Congrès. Le conflit aura fait 47 000 morts dans les forces armées américaines.

La Constitution des États-Unis, explique l'historien Arthur Schlesinger Jr en 1973 dans *La Présidence impériale*, a conféré au Président des pouvoirs très étendus, mais ceux-ci doivent être exercés dans le cadre d'un contrôle parlementaire contraignant. Quand s'enflent les pouvoirs présidentiels tandis que régresse le contrôle parlementaire, alors s'instaure une « Présidence impériale ». La Seconde Guerre mondiale, puis la Guerre froide et le consensus de politique étrangère qu'elle a suscité, ont permis le renforcement constant des pouvoirs de l'exécutif. Le conflit du Vietnam, mené sans déclaration de guerre votée expressément par le Congrès, marque l'apogée de cette Présidence impériale, qui se renforce sous Nixon. Mais le retour de balancier vient d'autant plus vite que le consensus s'est brisé au Vietnam. Alors commence la réaction qui va de plus en plus brider l'autorité présidentielle.

1. LE PREMIER MANDAT DE RICHARD NIXON

A. LES ÉLECTIONS DE 1968

a. La majorité silencieuse

En 1968, une bonne partie de l'opinion, surtout chez les ouvriers et dans les classes moyennes, est lasse des manifestations, inquiète des progrès de la drogue, de la délinquance et de la criminalité. C'est cette « majorité silencieuse », comme l'appelle Richard Nixon, qui va décider de l'issue des élections.

b. Trois hommes pour le fauteuil présidentiel

Le parti démocrate est en crise, après la décision de Johnson de ne pas se représenter aux élections, puis l'assassinat de Robert Kennedy, enfin les bagarres qui, lors de la convention démocrate à Chicago, en juillet, opposent les partisans et les adversaires de la guerre au Vietnam. Le vice-président Hubert Humphrey y est choisi comme candidat. Les Républicains désignent Richard Nixon. L'ultraconservateur George Wallace, candidat malheureux en 1964, forme un tiers parti et se présente pour défendre « la loi et l'ordre ». C'est Nixon qui l'emporte d'une courte tête (43,7 % contre 42,7 à Humphrey et 13,5 à Wallace). Mais les Démocrates conservent une majorité importante au Congrès.

c. Richard Nixon, une personnalité complexe

Né en 1913 dans une famille modeste, Richard Nixon est élu représentant en 1946, sénateur 4 ans plus tard. Il acquiert la notoriété par son ardeur à démasquer Alger Hiss. Choisi comme vice-président par Eisenhower, il effectue de nombreux voyages officiels à l'étranger, notamment en Extrême-Orient, en Amérique latine et à Moscou. Il entre donc à la Maison-Blanche muni de bonnes connaissances en politique étrangère. Il est moins à l'aise dans la conduite des affaires intérieures : il est détesté des Libéraux depuis l'affaire Hiss (▶ **page 33**) ; ses rapports avec les journalistes sont difficiles et il tient peu de conférences de presse ; son insurmontable méfiance à l'égard de quiconque, y compris de ses collaborateurs, le privera d'amitiés et de soutiens dans les difficultés.

B. L'AMÉRIQUE AFFAIBLIE PAR LA GUERRE

a. Les difficultés économiques

En juillet 1969, un Américain, Neil Armstrong, est le premier homme à marcher sur la Lune. Mais cet exploit ne suffit pas à masquer les difficultés économiques. À cause de l'impopularité de la guerre du Vietnam, Johnson n'a pu augmenter les impôts pour la financer qu'en 1968, et comme, au même moment, la « Grande Société » (▶ **page 49**) gonfle les dépenses, le déficit budgétaire se creuse et l'inflation augmente. Par contre, la ponction des effectifs militaires sur la force de travail fait baisser le chômage jusqu'en 1969. Le rapatriement des troupes renverse la tendance. Pour ne pas déclencher une récession, Nixon non seulement ne diminue pas les dépenses budgétaires, mais les laisse dériver quand le Congrès décide d'indexer sur le coût de la vie les versements de *Social Security*. En 1975, ceux-ci dépasseront le budget de Défense des États-Unis.

b. Le revirement de la position internationale des États-Unis

Le déficit de la balance des paiements, apparu en 1960, a continué de se creuser. La guerre du Vietnam en est responsable, mais aussi les investissements effectués à l'étranger par les compagnies américaines dans des industries qui peuvent devenir leurs rivales. Mais ce calcul n'empêche pas la balance commerciale américaine d'être déficitaire en 1971, pour la première fois depuis 1893. Dès l'été ce renversement s'annonce et provoque des attaques contre le dollar. Dans un discours dramatique, le 15 août, Nixon annonce la suspension de la convertibilité en or du dollar. En décembre le dollar est dévalué de près de 8 %, mais sa convertibilité en or n'est pas rétablie. C'est la fin du système de Bretton Woods (▶ **page 10**), qui imposait la stabilité et la convertibilité des monnaies. Désormais on s'oriente vers le système des changes flottants.

C. LA DÉTENTE

a. Le nouvel équilibre des forces

L'effort de guerre au Vietnam a ralenti l'accroissement des forces nucléaires américaines. À l'opposé, la puissance soviétique est en pleine expansion. À la fin des années 1960, le nombre de ses missiles intercontinentaux est proche de celui des États-Unis, encore que leur capacité reste inférieure. De plus la flotte de l'URSS dépasse la marine britannique, devenant la deuxième du monde. À l'évidence le Kremlin a tiré les leçons de la crise des missiles (▶ **page 46**) et veut se donner les moyens d'intervenir à l'étranger, comme le montrent le resserrement de ses liens avec Cuba et les traités d'amitié et de coopération qu'il passe avec les pays du Moyen-Orient. Dans ce contexte, le *containment* de l'URSS, défini par Kennan en 1946 (▶ **page 19**), a fait long feu, et les États-Unis doivent élaborer une nouvelle politique étrangère, ce que Nixon va faire, avec l'aide d'Henry Kissinger, son conseiller pour les Affaires de sécurité.

b. Le rapprochement avec la Chine

Depuis l'arrivée au pouvoir des communistes en octobre 1949, Washington n'entretient plus de relations avec Pékin. Vingt ans plus tard, il s'avère opportun de les reprendre : dans le contexte de la brouille sino-soviétique, les Américains pourront jouer Pékin contre Moscou et *vice versa*. On peut aussi espérer que les Chinois feront pression sur la République démocratique du Vietnam pour mettre fin au conflit vietnamien (▶ **page 55**). En juillet 1971, Kissinger effectue un voyage secret à Pékin, qui ouvre la voie à l'entrée de la Chine communiste à l'ONU et à l'éviction de Taïwan (25 octobre), et surtout au voyage de Nixon en Chine (février 1972). Pékin accepte officiellement de ne pas s'ingérer dans le conflit vietnamien, mais sur le problème des « deux Chines » (la Chine continentale et Taïwan) il n'est pas trouvé d'accord définitif, comme le montre le communiqué de Shanghai (28 février) par lequel Pékin et Washington affirment chacun leur position.

c. La détente avec l'URSS

La détente est marquée par la rapide succession de Sommets américano-soviétiques. Nixon se rend à Moscou en mai 1972 ; Léonide Brejnev vient à Washington et en Californie en juin 1973 ; en juillet 1974, Nixon est de nouveau à Moscou. L'objet de ces rencontres est d'aboutir à une limitation des armements stratégiques (c'est-à-dire des missile intercontinentaux). En mai 1972, sont signés à Moscou un traité et un accord intérimaire. Le traité limite à 2 les systèmes antimissiles (ABM) pour chacun des deux pays ; l'accord intérimaire (SALT I) limite pour 5 ans le nombre des missiles intercontinentaux des États-Unis et de l'URSS.

2. LA CRISE INSTITUTIONNELLE

A. LE SCANDALE DU WATERGATE

a. L'affaire des « plombiers »

En novembre 1972, Nixon est réélu avec une écrasante majorité (60,7 % des voix). Mais déjà sont à l'œuvre les facteurs de sa chute. En juin 1971, le *New York Times* a publié des extraits des *Papiers du Pentagone*, 7 000 pages de documents secrets sur la guerre du Vietnam qu'un ancien fonctionnaire, Daniel Ellsberg, a remis aux journalistes. Nixon fait inculper Ellsberg. Mais le Président recourt aussi à des procédés plus douteux. Il charge deux de ses jeunes collaborateurs de mettre fin aux « fuites ». Ceux-ci, qu'on surnomme « les plombiers », font mettre les suspects sur écoute téléphonique ; ils font aussi cambrioler le cabinet du psychiatre d'Ellsberg dans l'espoir d'y trouver des documents compromettants sur la santé mentale de l'inculpé. Dans la nuit du 16 au 17 juin 1972, ils font cambrioler le quartier général du parti démocrate, dans l'immeuble du Watergate, à Washington.

b. Le « massacre du samedi soir »

Les cambrioleurs du Watergate ont été pris sur le fait et leur procès commence en janvier 1973. Très vite il s'avère qu'ils ont des liens avec la Maison-Blanche. En juillet, on apprend qu'un système d'enregistrement des conversations a été installé dans le bureau présidentiel. Le procureur chargé de l'enquête veut avoir

10

communication des bandes magnétiques pour savoir si Nixon est impliqué dans l'affaire. Se fondant sur le privilège de l'exécutif, celui-ci refuse : les enregistrements ne concernent pas que le Watergate, mais aussi des affaires confidentielles, qui, si elles sont divulguées, peuvent mettre en danger la sécurité de l'État. Il demande donc au ministre de la Justice de révoquer le procureur spécial. Le ministre et son adjoint préfèrent démissionner (20 octobre 1973). C'est finalement leur remplaçant qui révoque le procureur. Cette hécatombe, immédiatement baptisée par la presse le « massacre du samedi soir », provoque l'indignation dans l'opinion publique.

c. La menace de destitution (*impeachment*)

● L'affaire rebondit aussitôt sur **le plan parlementaire**. La Chambre des représentants entame une procédure de destitution : après enquête par la commission des Affaires judiciaires, le Président pourra être inculpé par la Chambre, jugé par le Sénat transformé en Haute Cour, et éventuellement destitué. Après la nomination d'un autre procureur, Nixon se bat pied à pied, livrant certaines bandes magnétiques, refusant les autres. Cependant, par un arrêt du 24 juillet 1974, la Cour suprême lui ordonne de remettre le 5 août celles du 23 juin 1972 : celles-ci prouvent que, dès cette date, il était au courant du cambriolage et qu'il a participé à l'étouffement de l'affaire.

● Entre-temps, la commission des Affaires judiciaires a terminé son réquisitoire. Il concerne non seulement le Watergate, mais aussi des irrégularités fiscales du Président et le financement illégal de sa dernière campagne électorale. **L'affaire**, de judiciaire, **est devenue politique**, et, la majorité du Congrès étant démocrate, Nixon sait qu'il n'a aucune chance de l'emporter : la Chambre va voter l'inculpation et le Sénat le destituera. Le 8 août 1974, dans une allocution télévisée, il annonce sa démission. Le vice-président Gerald Ford lui succède le lendemain.

B. L'AMÉRIQUE À LA RECHERCHE DE L'INNOCENCE PERDUE

a. La crise de conscience de l'opinion publique

Dans leur écrasante majorité, les Américains étaient jusqu'aux années 1970 convaincus de la supériorité des valeurs et des institutions de leur pays. Mais la guerre du Vietnam puis l'affaire du Watergate sont un rude réveil, d'autant que d'autres scandales éclatent : accusé de corruption, le vice-président Spiro Agnew doit démissionner en septembre 1973. L'affaire du Watergate s'étant, comme la guerre du Vietnam, déroulée à la télévision, l'opinion se convainc que c'est la « Présidence impériale » qui est responsable de tous les maux, qu'il faut réduire les pouvoirs de l'exécutif, et surtout rétablir la transparence dans toutes les activités de l'État.

b. Les entraves apportées au pouvoir présidentiel

● Dès l'été 1973, le Congrès s'emploie à réduire les instruments qui ont permis au pouvoir présidentiel de s'étendre. Il supprime le service militaire sélectif et instaure l'armée de métier (1er juillet). Le 7 novembre est adoptée, malgré le veto de Nixon, la **résolution sur les pouvoirs de guerre** : le Président ne peut engager les troupes dans des hostilités à l'étranger que pour 60 jours, qui peuvent être prolongés de 30 jours avec l'accord du Congrès. L'année suivante est voté le *Freedom of Information Act*, qui permet de demander communication de dossiers et d'archives jusque-là fermés au public. Par l'*Impoundment Act*, les pouvoirs budgétaires du Président sont rognés.

● Enfin, le directeur de la CIA est prié de s'expliquer sur toutes sortes d'affaires, opérations secrètes à l'étranger, tentatives d'assassinat, etc. Son rôle est éclairci en ce qui concerne le Chili. Sur l'ordre de Nixon, la CIA a tenté, sans succès, d'empêcher l'arrivée au pouvoir de Salvador Allende. Par contre, si elle a soutenu financièrement l'opposition chilienne et si elle a été au courant de ce qui se tramait, elle n'a pas participé à la préparation et à l'exécution du coup d'État militaire qui a renversé Allende. La CIA sort déconsidérée et affaiblie de ces enquêtes parlementaires, car elle a dû révéler certains de ses contacts à l'étranger et parfois le nom d'agents secrets.

C. L'ÉPHÉMÈRE PRÉSIDENCE DE GERALD FORD

a. Une lune de miel très courte

Après la démission forcée de Spiro Agnew, Nixon, selon les règles constitutionnelles, choisit lui-même le nouveau vice-président : Gerald Ford, représentant du Michigan, leader de la minorité républicaine à la Chambre. Ford est donc le premier

10

– et le seul Président – qui ne soit pas l'élu du peuple américain. D'abord bien accueilli par les médias, il voit l'opinion se retourner vite contre lui car, le 8 septembre, en vertu de ses pouvoirs constitutionnels, il accorde à Nixon le « pardon » présidentiel, c'est-à-dire l'immunité totale pour toutes les poursuites dont il a fait l'objet. Même si Ford prépare au même moment une loi d'amnistie pour tous les déserteurs et insoumis lors du conflit vietnamien, la clémence à l'égard de l'ancien Président est très mal acceptée par les Américains. Circonstance aggravante pour Ford, il a pris le pouvoir au milieu de la récession la plus grave depuis 1945.

b. La détente : les lendemains qui déchantent

● Après le départ de Nixon, Kissinger, qui depuis 1973 cumule les fonctions de secrétaire d'État et de conseiller pour les Affaires de sécurité, reste le grand artisan de la politique extérieure. Mais la détente s'enlise. Elle a déjà subi un choc lors de la guerre du Kippour (octobre 1973) opposant Israël aux pays arabes, car ces derniers ont été armés par l'URSS. Pourtant, Ford rencontre Brejnev à **Vladivostok** en novembre 1974, mais seul est signé un accord préalable à la négociation de SALT II.

● **Au Sud Vietnam**, la RDV continue à infiltrer des hommes et du matériel, alors que le Congrès, en septembre 1974, réduit les crédits d'assistance militaire et économique au gouvernement de Saigon. Quand, le 9 mars 1975, la RDV lance une grande offensive militaire avec des chars, qui va durer 55 jours, le Congrès n'accorde au Sud Vietnam qu'une aide humanitaire. Saigon tombe le 30 avril, entraînant la réunification des deux Vietnam sous l'égide de la RDV communiste.

● La guerre civile en Angola, qui débute en 1975 après l'indépendance de cette colonie portugaise, oppose trois mouvements. Tandis que le Front national de libération de l'Angola (FNLA) et l'Union nationale pour l'indépendance totale de l'Angola (UNITA) sont soutenus par Washington, Moscou et La Havane aident le Mouvement populaire de libération de l'Angola (MPLA). En janvier 1976, le Congrès interdit toute aide à l'Angola, alors que l'URSS établit un pont aérien vers ce pays et que Cuba y envoie ses troupes. Le MPLA remporte la victoire, et l'URSS passe avec le nouveau gouvernement un traité d'amitié et d'assistance. Un traité similaire est signé avec le Mozambique en 1977. **L'Afrique est devenue un terrain d'affrontement entre l'Est et l'Ouest.**

11

JIMMY CARTER, OU LA MORALITÉ AU POUVOIR

James Earl Carter, né en Géorgie en 1924, est le fils d'un planteur de cacahuètes et de coton. Entré à 18 ans à l'Académie navale d'Annapolis, il commence une carrière d'officier dans les sous-marins nucléaires. À la mort de son père, en 1953, il reprend l'affaire familiale et, tissant des liens avec l'industrie et la banque, la transforme en *agrobusiness*. Élu gouverneur de la Géorgie en 1972, ce Démocrate du Sud établit dès lors des contacts avec les milieux politiques au nord du pays comme à l'étranger. Mais « Jimmy » Carter est aussi un homme profondément religieux (*born again Christian*). En 1976, lors de l'élection présidentielle, il ne l'emporte que de justesse contre Ford (50,1 % des voix) ; cependant, parce qu'il allie le réalisme de l'homme d'affaires et le sentiment religieux, il paraît capable de restaurer confiance et morale à Washington.

1. UNE POLITIQUE EXTÉRIEURE PLUS JUSTE ET PLUS ÉQUILIBRÉE

A. LE CANAL DE PANAMA

a. Le canal de Panama, symbole de la puissance américaine

Construit par les Américains après l'échec de la compagnie de Ferdinand de Lesseps, le canal de Panama, ouvert en 1914, a montré la supériorité technique des États-Unis. Il renforce également la puissance de leur marine en lui permettant d'opérer une meilleure rotation de ses unités entre le Pacifique et l'Atlantique. Enfin, il est essentiel au trafic commercial américain. Mais sa sécurité est difficile à assurer en cas d'émeutes au Panama, et comme le président de ce pays, Omar Torrijos, s'est rapproché de Fidel Castro, le gouvernement américain, qui contrôle non seulement le canal, mais une zone de 18 kilomètres de part et d'autre, prête le flanc aux critiques d'impérialisme et de colonialisme.

b. Les traités de 1977 et leur difficile ratification

Dès son entrée à la Maison-Blanche, Carter entame des négociations avec le Panama. Le 7 septembre 1977, deux traités sont signés. Le premier reconnaît la souveraineté du Panama sur la zone du canal, mais maintient le contrôle des États-Unis sur le canal jusqu'en 1999. Le deuxième, ou traité de neutralité, donne aux États-Unis, sans limite de temps, le droit de défendre la liberté du trafic dans le canal, en temps de paix comme en temps de guerre. La Nouvelle droite, coalition de conservateurs qui utilise tous les moyens des médias modernes, se bat pour convaincre le Sénat de ne pas ratifier le traité. Après le débat de politique étrangère le plus long depuis l'échec du traité de Versailles en 1920, les traités sont ratifiés de justesse (une voix de majorité) en mars-avril 1978.

B. UN PAS VERS LA PAIX AU MOYEN-ORIENT

a. « La région la plus dangereuse du monde »

● Par ses richesses pétrolières, par le nœud de communications qu'il englobe, le Moyen-Orient est une région vitale pour les Occidentaux. Mais c'est aussi une région de crises. Depuis celle de Suez en 1956 (▶ **page 39**), à l'affrontement entre Israéliens et Arabes s'est superposé l'affrontement entre Américains et Soviétiques, les premiers soutenant Israël, les seconds armant les Égyptiens, puis les Syriens et les Irakiens. Nixon dira : « C'est la région la plus dangereuse du monde. »

● En 1967, pour défendre le libre trafic de son port d'Elath, Israël a déclenché la **guerre des Six Jours** contre l'Égypte, s'emparant de Gaza et du Golan. En octobre 1973, c'est l'Égypte qui cherche à reprendre l'avantage lors de la fête de **Yom Kippour**, bientôt soutenue par un pont aérien soviétique. La contre-attaque israélienne, elle aussi soutenue par un pont aérien américain, déclenche la riposte des pays arabes, qui décident de réduire leur production pétrolière de 5 %. Ce **choc pétrolier** provoque une envolée des cours (1,2 dollar le baril en 1971, 9,30 en 1974). Kissinger tente alors de réduire les tensions en faisant la navette entre les capitales du Moyen-Orient (*shuttle diplomacy*), cherchant à obtenir de petites concessions réciproques (« diplomatie des petits pas »).

b. Les accords de Camp David

Pour apaiser la crise pétrolière, Carter tente de reprendre la médiation entre Le Caire et Tel Aviv. Ses conseils poussent le président égyptien, Anouar El Sadate, à se rendre à Jérusalem, le

20 novembre 1977, où il parle devant la Knesset. À l'automne suivant, Carter réunit Sadate et le Premier ministre israélien, Menahem Begin à Camp David, résidence présidentielle dans le Maryland. Les accords de Camp David sont signés le 17 septembre à Washington. Ils ouvrent la voie au traité israélo-égyptien du 26 mars 1979. Celui-ci rétablit les relations diplomatiques entre Le Caire et Tel Aviv, et fournit un cadre au règlement de tous les différends entre les deux pays.

2. LES CONTRADICTIONS ENTRE MORALE ET INTÉRÊT NATIONAL

A. LA DÉFENSE DES DROITS DE L'HOMME

a. La convention démocrate de 1976

Le parti démocrate s'est déchiré durant la guerre du Vietnam entre partisans du *containment*, qui voulaient la poursuivre, et ses détracteurs, qui y voyaient une marque de l'impérialisme américain. En 1976, lors de la convention qui désigne Carter comme candidat du parti pour les présidentielles, la réconciliation entre les deux tendances se fait autour de la défense des droits de l'homme. Mais cette réconciliation n'est pas exempte d'ambiguïté. Pour la droite anticommuniste, ce sont l'URSS et ses satellites qu'il faut principalement combattre pour leur **totalitarisme**, c'est-à-dire leur contrôle total de la vie politique, sociale et religieuse. Pour la gauche au contraire, la principale cible, ce sont les régimes **autoritaires**, soutenus par les États-Unis parce qu'ils sont anticommunistes, mais qui ne respectent pas toutes les libertés politiques, en particulier celle des élections ou celle de la presse (la distinction entre régime totalitaire et régime autoritaire sera analysée par Jeane Kirkpatrick dans *Commentary*, en 1979).

b. L'inégale application de la politique des droits de l'homme

Jusqu'en 1977, seule l'aide militaire accordée à un pays étranger peut être suspendue pour violation des droits de l'homme. Après l'entrée de Carter à la Maison-Blanche, c'est toute forme d'assistance consentie par les États-Unis. Le rapport sur les violations des droits de l'homme produit par le Département d'État concerne désormais toute la planète. De 137 pages en 1977, il passe à 1 140 en 1980. Mais s'il est aisé de dénoncer la violation des droits de l'homme, il est plus difficile de les faire respecter.

L'URSS fait savoir qu'elle ne tolérera pas d'ingérence dans ses affaires intérieures, et l'on peut craindre qu'elle ne rompe les négociations SALT. Le sanguinaire dictateur de l'Ouganda, Amin Dada, menace de prendre des Américains en otages. Les États pétroliers sont intouchables parce que les États-Unis ont besoin de leur or noir. L'Iran et l'Amérique latine semblent par contre des cibles de choix.

B. LES PREMIÈRES DIFFICULTÉS

a. La « chute » de l'Iran

● En 1953, une intervention secrète de la CIA a chassé du pouvoir le Premier ministre iranien, Mohammed Mossadegh, et ramené sur le trône le chah, Mohammed Reza Pahlavi. **Les liens se renforcent alors entre Washington et Téhéran.** L'aide militaire américaine augmente tandis que progressent les investissements dans le secteur pétrolier. En retour, le régime du chah apparaît comme un facteur de stabilité au Moyen-Orient ; il semble apte à contenir la poussée de l'URSS, au nord sur ses frontières, et au sud dans la « Corne de l'Afrique » (l'Éthiopie et la Somalie sont passées dans l'orbite soviétique en 1974).

● En 1977 apparaissent cependant des signes de faiblesse. La société iranienne est en crise en raison d'une modernisation trop rapide. La retombée des cours du pétrole occasionne une récession. Le resserrement des liens avec l'Amérique renforce le nationalisme, tandis que la laïcisation suscite l'opposition religieuse. **L'autorité du chah est de plus en plus contestée**, et la police secrète, la SAVAK, répond par l'arrestation des opposants et, trop souvent, par la torture.

● À Washington, on ne perçoit pas la complexité de la crise iranienne et, dans l'entourage de Carter, on prend la répression de la SAVAK comme la cause de tout le mal. On ne cherche guère les causes réelles de la montée de l'opposition, et donc de la répression. Aussi conseille-t-on la modération au chah. Celui-ci accepte d'autant plus facilement qu'il se sait atteint d'un cancer et ne veut pas terminer son règne dans un bain de sang. Le nombre des prisonniers politiques diminue rapidement (3 000 en 1976, 1 000 à la fin de 1978). Mais cette relative clémence ne fait qu'enhardir l'opposition. La révolution s'enfle pendant l'été 1978 ; le 16 janvier 1979, le chah décide de quitter le pays, laissant le pouvoir aux militaires et à un modéré, le Premier ministre Chapour Bakhtiar. Le 1er février, le chef de l'opposition religieuse, l'ayatollah Khomeyni, alors en exil en France, rentre à Téhéran et y instaure très vite un **régime islamiste**.

b. Révolution en Amérique centrale

● Au Nicaragua, petit pays au milieu de l'Amérique centrale, la famille des Somoza se maintient au pouvoir depuis 1936, par des élections plus ou moins truquées, l'emprisonnement de ses opposants, et, surtout sous la présidence d'Anastasio Jr, par une corruption déguisée. Mais en dépit de leur dictature, les Somoza sont longtemps soutenus par Washington à cause de leur anticommunisme. Un petit groupe de révolutionnaires, le **Front sandiniste de libération nationale** (FSLN), dont la doctrine est marxiste et qui a établi des liens avec Cuba, déclenche en 1975 la guérilla dans les montagnes ; Somoza instaure l'état de siège et, à la fin de 1976, la Garde nationale a triomphé de la guérilla, mais au prix de quelque 250 victimes chez les paysans.

● En avril 1977, dans le rapport du Département d'État sur les droits de l'homme, le Nicaragua est condamné pour des tortures de prisonniers. Somoza proteste, puis finit par lever l'état de siège. Alors le FSLN s'enhardit et attaque les casernes de la Garde nationale. Un an plus tard, la guerre civile a pris de l'ampleur et Carter offre sa médiation, qui échoue en janvier 1979. Les conseillers de Carter savent que le FSLN est marxiste, et personne à Washington ne souhaite un « second Cuba ». Pourtant, il est décidé de supprimer toute aide militaire à Somoza. Au même moment Castro offre ses conseils et des armes au FSLN. Celui-ci parvient, de plus, à faire alliance avec les modérés, qui espèrent pouvoir le dominer une fois au pouvoir. Le 19 juillet, alors que la Garde nationale manque de munitions, **les Sandinistes**, qui en ont reçu en abondance, **prennent la capitale, Managua,** et s'installent au pouvoir.

● Carter espère que l'aide américaine empêchera les Sandinistes de basculer définitivement vers Cuba. Il offre donc des crédits pour reconstruire le Nicaragua ravagé par la guerre civile. Vain espoir : dès l'été 1979, les **Cubains affluent au Nicaragua,** et les liens se resserrent entre Managua et La Havane. De plus, les arrestations arbitraires, les tortures, les disparitions, se poursuivent, dénoncées par la Croix-Rouge et la Commission permanente des droits de l'homme au Nicaragua.

3. L'AGONIE POLITIQUE DE CARTER

A. L'AMÉRIQUE EN PERTE DE VITESSE?

a. Une économie plus tournée vers l'extérieur

À la suite du Dillon Round (1962), du Kennedy Round (1967) et du Tokyo Round (1979), les États-Unis ont libéralisé leurs échanges commerciaux avec l'étranger. En 1945, leurs exportations représentent 5 % de leur PNB, 10 % en 1980. Mais, si la productivité reste élevée dans les secteurs de pointe, elle a tendance à stagner dans les « vieilles » industries, et la compétitivité américaine régresse face à des concurrents, l'Europe et le Japon, qui se sont relevés de leurs ruines. Le déficit commercial, apparu en 1971, a décuplé en 1980. Une voiture sur quatre vendue aux États-Unis est alors fabriquée à l'étranger. Le dollar est en baisse sur le marché des changes.

b. Le second choc pétrolier

La chute de l'Iran et la réduction de sa production pétrolière provoquent une nouvelle envolée des cours du baril (13 dollars en 1978, 35 en 1981). Les États-Unis, qui importent 50 % de leur pétrole (au lieu de 25 % en 1971) connaissent alors les queues aux pompes à essence. Si le chômage se stabilise à 6,6 %, le taux d'inflation grimpe à 15 % et les taux d'intérêt à 20 %.

B. LES CRISES INTERNATIONALES

a. La fin de la détente

Vis-à-vis des Soviétiques et des Chinois, Carter poursuit d'abord la politique de ses prédécesseurs. En janvier 1979, il rétablit les relations diplomatiques avec Pékin. Le 18 juin suivant, à Vienne, il signe avec Brejnev l'accord SALT II. Mais cet accord provoque au Congrès une forte opposition, et il ne sera jamais ratifié. En décembre, l'armée soviétique envahit l'Afghanistan, ce qui conduit Carter à annoncer, le 23 janvier 1980, que le golfe Persique et la région pétrolifère adjacente font partie des intérêts nationaux des États-Unis et que, le cas échéant, ils seront défendus par la force (doctrine Carter).

b. La crise des otages

Après son départ d'Iran, le chah s'est réfugié en Égypte puis au Maroc. Il demande ensuite l'asile politique des États-Unis, ce que Carter lui refuse. Mais en octobre 1979, le Président accepte qu'il vienne à New York pour une intervention chirurgicale. Cette décision déclenche à Téhéran une vague d'hostilité contre les Américains. Le 4 novembre, l'ambassade des États-Unis est envahie par les moudjahidin, qui prennent en otages 52 Américains. Ils ne seront libérés que le 20 janvier 1981. Carter n'est plus Président depuis quelques heures.

c. La guerre froide dans l'arrière-cour des États-Unis

Au Salvador, une guerre civile oppose un président démocrate-chrétien à des guérilleros, marxistes dans leur majorité. Cuba et le bloc de l'Est leur envoient des armes. Le 10 janvier 1981, ils déclenchent l'« offensive finale » ; c'est un échec, car la population ne les soutient pas. Parce qu'une partie des armes ont transité par le Nicaragua, Carter, conformément aux dispositions adoptées par le Congrès, doit suspendre les crédits au Nicaragua et décide d'accorder une aide militaire au gouvernement du Salvador.

C. LES ÉLECTIONS DE 1980

a. L'émergence de la Nouvelle droite

Aux yeux des conservateurs, la dégradation des positions internationales des États-Unis est inquiétante : de 1975 à 1980, 8 pays sont passés dans l'orbite soviétique (Vietnam, Cambodge, Angola, Mozambique, Éthiopie, Yémen du Sud, Nicaragua, Afghanistan). La Nouvelle droite (▶ **page 71**) veut donc renforcer la défense américaine. Elle réclame aussi la baisse des impôts et le reflux de l'État providence. C'est enfin une « droite religieuse », qui prône le retour aux vertus ancestrales.

b. Les élections de novembre 1980

Les élections opposent au Président sortant un candidat indépendant, Anderson, et le candidat républicain, Ronald Reagan, soutenu par la Nouvelle droite. Reagan l'emporte avec 50,7 % des suffrages.

Entré à la Maison-Blanche à l'approche de son soixante-dixième anniversaire, Ronald Reagan a gardé tout son optimisme. Né dans une famille modeste, il a fait une carrière d'acteur à Hollywood, puis est devenu président du syndicat des acteurs (1947-1959). Il a soutenu Barry Goldwater en 1964, et, après l'échec de celui-ci (▶ **page 49**), a repris le flambeau de la droite conservatrice. En 1967, il devient gouverneur de Californie. Cherchant dès 1976 à gagner l'investiture du parti républicain pour l'élection présidentielle, il lui faut attendre 1980 pour l'obtenir. Alors que Jimmy Carter a exhorté ses concitoyens à s'adapter à la puissance déclinante de leur pays, Ronald Reagan leur lance un message d'espoir : les États-Unis retrouveront la route du progrès s'ils renouent avec les principes fondateurs de la nation, la liberté inscrite dans la Constitution et le respect des valeurs traditionnelles, famille, morale et religion.

1. LA « SECONDE RÉVOLUTION » AMÉRICAINE

A. REAGAN ET SON PROGRAMME

a. Un président énigmatique

● Sous son optimisme, Reagan cache une personnalité très complexe : selon le journaliste Lou Cannon, qui l'a suivi dans sa carrière, « **ses sentiments intimes sont restés un mystère** même pour ses amis ». Ayant passé l'essentiel de sa vie en Californie, il connaît mal le climat politique de Washington. Il ignore tout autant la plupart des dossiers de politique étrangère. À cause de son âge il travaille peu, et ses conseillers doivent lui soumettre des documents courts qui résument l'essentiel. Le plus souvent, il ne prend pas l'initiative, mais choisit entre les options qu'on lui présente. Inversement, sur les questions qui comptent le plus pour lui – la lutte contre le communisme, la baisse des impôts –, personne ne peut le faire changer d'avis.

● Il est surtout doué d'un **immense charisme** ; il est le « grand communicateur » qui, à la télévision, sait faire passer ses messages auprès de l'opinion. Celle-ci le lui rend bien : d'après les sondages, il est celui qui a rassemblé la nation ; c'est à nouveau l'aurore en Amérique. Reagan sera réélu avec 58,8 % des voix en

1984. Mais ses rapports avec le Congrès sont plus difficiles. Certes, les Républicains ont une petite majorité au Sénat jusqu'aux élections de 1986, mais la Chambre reste majoritairement démocrate.

b. Le retour aux sources

● Depuis le New Deal, le gouvernement américain s'est inspiré à des degrés divers des idées de **John Maynard Keynes** : les dépenses de l'État doivent relancer l'économie quand elle ralentit ; elles doivent aussi tendre à réduire les inégalités. D'où les progrès de l'État providence : les dépenses sociales qui, en 1960, ne représentent que 21,9 % du budget fédéral grimpent à 33 % en 1970 et à 49 % en 1980. Parallèlement, la part des dépenses militaires dans le budget fédéral a chuté de 49 % en 1960 à 23,1 % en 1980.

● Pour Reagan et pour la Nouvelle droite, l'État providence est source d'inflation et entraîne un gonflement des pouvoirs du gouvernement fédéral, ce qui menace les libertés des citoyens américains. Enfin la réduction des dépenses militaires qui, indirectement, est liée à la croissance des dépenses sociales, met en danger la sécurité des États-Unis. Il faut donc fonder la croissance, selon les thèses de l'économiste **Milton Friedman**, sur la stabilité de la monnaie et des prix, également sur la baisse des impôts, la déréglementation de l'économie et la libéralisation des échanges. Ainsi les Américains retrouveront la liberté d'entreprendre et de construire leur destin, comme aux origines de leur histoire.

B. LA RÉVOLUTION REAGANIENNE À L'ÉPREUVE DES FAITS

a. La mise en œuvre des réformes

Dès 1981, Reagan amorce la baisse des impôts qui culminera en 1986. Les dépenses sociales régressent brièvement, puis augmentent peu, à l'exception du régime des retraites (*Social Security*). Seules les dépenses militaires font un bond considérable (134 milliards de dollars en 1980, 284 milliards en 1988). Le résultat, c'est un gonflement du déficit budgétaire et de la dette publique (le premier est de 75 milliards de dollars en 1980, de plus de 200 milliards en 1985). Parallèlement la politique antitrust est mise en sommeil, tandis que progresse la déréglementation de la banque, de l'industrie et des compagnies aériennes. Sous le choc de ce changement de politique, l'Amérique traverse une grave récession en 1982 : le chômage dépasse 10 %. Mais dès 1983, le déficit budgétaire relance l'économie. En 1988, l'inflation est jugulée, le chômage est à 5,7 %.

b. La troisième révolution industrielle

Dans les années 1980 s'accélère la troisième révolution industrielle, celle de l'automation et de l'informatique. Les agriculteurs ne représentent plus que 3 % de la population totale. Les industries traditionnelles, en perte de compétitivité, doivent « dégraisser » pour la redresser (c'est-à-dire procéder à des licenciements massifs). Les emplois créés le sont en majorité non dans les industries nouvelles, automatisées et informatisées, mais dans le tertiaire, qui regroupe désormais 70 % de la population active. C'est le nord et l'est du pays, où est située la majorité des industries anciennes, qui sont le plus affectés par ces mutations, tandis que le *Sunbelt* (Californie et Texas) est en plein essor.

c. Lumières et ombres sur le tableau

● Après la récession de 1982, la baisse de l'inflation et celle des taux d'intérêt qui l'accompagne permettent à nouveau aux Américains d'emprunter. Ils achètent des maisons et se lancent dans une débauche d'achats (voitures, télévisions, fours à micro-ondes, congélateurs, téléphones portables, etc.). Mais les **inégalités progressent** et la pauvreté augmente, en particulier chez les Noirs et dans les familles monoparentales. Après l'échec de la grève des contrôleurs du ciel en 1981 (10 000 d'entre eux sont licenciés), les syndicats sont en perte de vitesse. Le nombre des grèves diminuera pendant près de 15 ans.

● L'économie des États-Unis reste, certes, la première du monde et, à la fin de la décennie, la plupart de leurs industries ont recouvré leur compétitivité. Mais le déficit de leur commerce extérieur progresse considérablement, et ils font appel à des fonds étrangers pour financer leur déficit budgétaire. Les investissements étrangers augmentent, l'achat par les Japonais du Rockefeller Center à New York en étant le symbole. La conséquence, c'est **le retournement de la position financière internationale** des États-Unis : de créancière, elle devient débitrice en 1985.

d. La révolution morale et religieuse en échec

La Cour suprême n'accepte pas le retour aux valeurs traditionnelles. En 1985, elle confirme l'interdiction des prières dans les écoles (▶ **page 52**). La liberté de l'avortement, qu'elle a reconnue en 1973, n'est pas remise en question. À la fin de la décennie, force est de constater non un retour à la morale, mais une hausse de la drogue et de la criminalité (celle-ci a doublé dans les grandes villes).

2. LA « NOUVELLE GUERRE FROIDE »

A. REAGAN ET L'URSS

a. L'« Empire du mal »

Parce qu'il croit à la dynamique de la liberté, Reagan exècre le communisme. À ses yeux, il est contraire à la volonté de Dieu et aux aspirations de l'humanité. De plus, son régime économique est incapable de rivaliser avec le système américain du libre marché. Reagan qualifie donc l'URSS d'« Empire du mal ». D'autre part, Lénine ayant dit en 1920 : « Est moral tout ce qui est nécessaire pour annihiler l'exploitation sociale et unir le prolétariat », Reagan ne croit pas à la possibilité de la coexistence pacifique avec l'URSS. Rejoignant Kennan (▶ **page 19**), il estime qu'il faut négocier avec le Kremlin en position de force, d'où le réarmement des États-Unis. Mais Reagan n'est pas un va-t-en-guerre. Il est convaincu que la guerre nucléaire ne peut être gagnée et ne doit pas être déclenchée. Il est aussi persuadé que la liberté triomphe toujours et que, par conséquent, l'URSS se désagrégera. Il le croit d'autant plus que la CIA estime que l'URSS a multiplié au-delà du raisonnable ses engagements en dehors de ses frontières et que, si on lui inflige un échec à la périphérie, le centre s'effondrera.

b. La crise des euromissiles

Depuis 1976, l'URSS dispose de missiles SS 20 qui menacent toutes les installations de l'OTAN en Europe. En cas d'attaque, les États-Unis n'auraient d'autre choix que de frapper le territoire soviétique, s'exposant de ce fait à des représailles sur le leur. Pour éviter ce dilemme, il est décidé, au sommet de la Guadeloupe en 1979, d'installer en Europe, à partir de 1983, des fusées Pershing et des missiles de croisière capables d'atteindre l'URSS. Reagan aurait préféré l'« option zéro », Moscou retirant ses missiles et Washington n'installant pas les siens. Faute d'accord, les missiles américains commencent à être déployés en 1983. En mars de la même année, Reagan annonce l'« Initiative de défense stratégique », un programme de recherches pour créer un système de défense du territoire américain contre les missiles soviétiques.

c. Le soutien à Solidarnosc

Depuis les années 1950, les États-Unis ont cherché, par le canal de *Radio Free Europe*, à lutter contre la désinformation en Europe de l'Est. Après la création d'un syndicat libre en Pologne, Solidarnosc, Reagan décide en 1982 de lui apporter un soutien financier et moral, par l'intermédiaire des syndicats ouest-européens et de l'Église catholique (les États-Unis vont établir des relations diplomatiques avec le Vatican en 1984).

B. LA GUERRE FROIDE EN AMÉRIQUE CENTRALE

a. L'affrontement géostratégique

L'Amérique centrale et la région des Caraïbes deviennent une zone d'affrontement entre l'Est et l'Ouest par guérillas interposées. Assurément, celles-ci s'enracinent dans des difficultés économiques et sociales, et parfois des problèmes ethniques et religieux. Mais pour les États-Unis et l'URSS, le problème est géostratégique. Les premiers ont besoin de la sécurité sur leur frontière sud, s'ils veulent intervenir dans d'autres continents. De plus la zone des Caraïbes, avec le canal de Panama, est vitale pour leurs communications. Quant à l'URSS, elle cherche à s'implanter dans la région pour freiner l'emprise américaine, et, par ses importantes livraisons d'armes, elle aide ceux qui s'opposent aux États-Unis.

b. La guerre civile au Salvador

Malgré l'échec de l'« offensive finale » (▶ page 76), la guerre civile se poursuit au Salvador en 1981. À Washington, on craint qu'elle ne fasse école dans les pays voisins, et qu'un flot de réfugiés ne déferle jusqu'au Río Grande. Il faudrait donc empêcher les guérilleros de recevoir des armes du bloc de l'Est, *via* Cuba et le Nicaragua. Le gouvernement américain cherche d'abord à intimider Castro par des manœuvres navales, puis négocie sans succès avec les Sandinistes. En novembre 1981, le plan de la CIA est accepté par Reagan : équiper et entraîner les *Contras* (les contre-révolutionnaires du Nicaragua, regroupés à la frontière du Honduras). On espère ainsi faire pression sur les Sandinistes pour qu'ils cessent de soutenir la guérilla au Salvador.

c. La guerre civile au Nicaragua

La guerre civile ne débute vraiment qu'en 1983 dans les montagnes du Nord, et, comme toute la presse en parle, l'opération de la CIA est devenue le secret de Polichinelle. De plus, elle n'a le soutien ni de l'opinion publique ni du Congrès qui lui mesure chichement les fonds. À l'automne 1983, la CIA décide de miner les ports du Nicaragua avec des explosifs non dangereux, mais suffisamment dissuasifs pour les compagnies maritimes. Privé de son ravitaillement en pétrole, le Nicaragua serait obligé de capituler. La vérité est accidentellement dévoilée au Congrès en avril 1984 : les fonds sont immédiatement coupés à la Contra. Mais comme Reagan ne peut se résoudre à abandonner ceux qu'il appelle « les combattants de la liberté », la Contra commence à être financée par des fonds secrets, les premiers venant d'Arabie Saoudite.

d. Le débarquement à la Grenade

À la suite d'un coup d'État marxiste dans l'île de la Grenade, les États-Unis interviennent militairement en octobre 1983 pour rétablir un gouvernement démocratique. Officiellement, ils veulent protéger les centaines d'étudiants américains qui font leurs études de médecine dans l'île. Mais ils agissent aussi par crainte que l'URSS n'y installe des missiles en réponse à l'installation des Pershing et des missiles de croisière en Europe, ou que la Grenade ne devienne, comme Cuba, une plate-forme de la révolution. Les centaines de documents saisis lors de cette intervention ont montré que les craintes américaines n'étaient pas dénuées de fondement.

3. LA REPRISE DES NÉGOCIATIONS

A. LE DIALOGUE REAGAN-GORBATCHEV

a. Le nouveau climat américano-soviétique

Dans son message sur l'état de l'Union, en janvier 1985, Reagan réitère sa volonté de soutenir « les combattants de la liberté », ceux qui luttent contre le communisme au Nicaragua, en Afghanistan, au Cambodge, en Angola, en Éthiopie. Mais dès l'arrivée au Kremlin de Mikhaïl Gorbatchev, il cherche à établir un contact personnel avec lui pour régler les problèmes nucléaires. Quant à l'URSS, elle s'engage dans la voie des réformes, ne pouvant plus supporter le poids de la course aux armements.

12

b. Les sommets américano-soviétiques

Reagan et Gorbatchev se rencontrent à Genève (19-31 octobre 1985), à Reykjavik (11-12 octobre 1986), à Washington (7-10 décembre 1987), à Moscou (29 mai-2 juin 1988). Lors du sommet de Washington est signé un traité prévoyant le démantèlement en Europe des missiles de moyenne portée (Pershing et missiles de croisière américains, SS 20 et SS 4 soviétiques). Par ailleurs, Gorbatchev annonce en février 1988 le prochain retrait des troupes soviétiques d'Afghanistan ; en décembre est signé un accord qui prévoit le retrait des troupes cubaines d'Angola. Mais ni le problème du Cambodge ni celui de l'Éthiopie ne sont réglés.

B. LA FIN DE LA GUERRE CIVILE AU NICARAGUA

a. Le financement de la Contra

Pendant l'été 1986, Reagan, avec l'aide de certains Démocrates qui prennent conscience de la menace communiste en Amérique centrale, parvient à faire voter 100 millions de crédits pour la Contra : les guérilleros vont être armés et entraînés par les Américains, seront pendant l'hiver 1986-1987 une force beaucoup plus redoutable pour les Sandinistes.

b. Le scandale de l'Irangate

En 1985 Reagan, pour tenter un rapprochement avec l'Iran, a accepté qu'on lui vende secrètement. des armes. À l'insu du Président, Oliver North, qui au Conseil national de sécurité est chargé de l'affaire, détourne illégalement une partie des fonds versés par l'Iran pour soutenir la Contra. En novembre 1986, juste au moment où la Contra se redresse, le scandale des ventes d'armes à l'Iran éclate, provoquant des démissions en chaîne au sein du gouvernement. Mais la responsabilité directe de Reagan dans ces illégalités ne peut être démontrée, et il est impossible d'engager contre lui, comme pour Nixon, une procédure de destitution (▶ **page 67**).

c. L'arrêt des combats au Nicaragua

Dès l'été 1987, Reagan sait qu'à cause de l'Irangate il ne pourra obtenir de nouveaux crédits pour la Contra. Aussi s'oriente-t-il vers le soutien au « plan de paix » présenté par le Président du Costa Rica, Oscar Arias. En mars 1988, la Contra, faute de soutien, accepte de signer une trêve des combats à Sapoa.

Né en Nouvelle-Angleterre, George Bush s'installe au Texas au moment où le parti républicain y commence son ascension. Il est élu représentant de cet État en 1966, mais échoue à l'élection sénatoriale de 1970. Nixon lui offre alors d'être ambassadeur aux Nations unies. Ford le nommera envoyé spécial en Chine, puis directeur de la CIA. Vice-président depuis janvier 1981, il succède à Reagan 8 ans plus tard. L'expérience qu'il a acquise en politique étrangère lui donnera l'espoir de créer un nouvel ordre mondial après la fin de la guerre froide.

A. LA FIN DE LA GUERRE FROIDE

a. La chute du mur de Berlin

Lorsque la chute du mur de Berlin (▶ **page 45**), le 9 novembre 1989, ouvre la voie à la réunification des deux Allemagnes, le président Bush soutient le chancelier Kohl dans ses négociations avec les Soviétiques pour que l'Allemagne réunifiée puisse rester dans l'Alliance atlantique. Le traité de Moscou, signé le 12 septembre 1990 par les deux Allemagnes et les quatre puissances occupantes (États-Unis, France, Grande-Bretagne, URSS), redonne à l'Allemagne sa souveraineté pleine et entière. En échange du versement de 12 milliards de deutsche Marks, Bonn obtient le départ des troupes soviétiques d'Allemagne de l'Est.

b. La réorganisation de l'OTAN

Privée d'ennemi par la réunification de l'Allemagne, l'évolution de l'URSS et bientôt son effondrement (décembre 1991), l'OTAN aurait pu être dissoute. Mais le gouvernement américain tient à sa survie, parce qu'il en détient le commandement suprême. C'est donc le moyen de maintenir son influence en Europe occidentale et d'y prévenir l'émergence d'un puissance rivale. Enfin, l'intégration des armées européennes au sein de l'OTAN évite que ne renaissent les rivalités ou les tensions qui ont conduit aux deux guerres mondiales. Cependant, le sommet de l'Alliance atlantique qui se tient à Rome en novembre 1991 propose d'« ouvrir une ère nouvelle », celle d'un « partenariat » avec l'URSS et ses anciens satellites. Les représentants des États-Unis, de l'URSS et de tous les pays européens se réuniront une fois par an au sein du Conseil de coopération Nord-Atlantique.

c. Le rétablissement de la paix
en Amérique centrale

Après la chute du mur de Berlin, la guerre froide perdure pendant plus de deux ans en Amérique centrale. L'URSS continue d'envoyer des armes au Nicaragua, et elle ne décidera de rapatrier ses troupes de Cuba qu'en août 1991. Dans ce contexte, Bush, qui ne peut obtenir du Congrès le vote de nouveaux crédits pour la Contra, n'a d'autre issue que d'entamer des négociations avec Gorbatchev afin d'obtenir l'arrêt des livraisons d'armes soviétiques. Le problème est en partie réglé par les élections du 25 février 1990 au Nicaragua, qui ramènent au pouvoir le centre droit. Mais les Sandinistes conservent le ministère de la Défense, et, secrètement, envoient encore quelques armes au Salvador. La paix ne sera rétablie dans ce pays qu'au lendemain de la chute de l'URSS, par l'accord de Chapultepec, le 16 janvier 1992.

B. LES ÉTATS-UNIS GENDARMES
DU MONDE

a. L'écrasante supériorité militaire des États-Unis

De 1989 à 1993, les dépenses militaires des États-Unis sont réduites d'environ 15 % (en dollars constants), mais elles demeurent supérieures à la somme de celles de leurs grands alliés et de leurs anciens ennemis. Comme les forces armées sont réduites sensiblement (2,2 millions d'hommes en 1990, 1,8 en 1993), les crédits militaires permettent d'augmenter l'effort de recherche, notamment dans le domaine des « armes intelligentes », celles qui peuvent frapper à distance avec une grande précision. Aux yeux des dirigeants américains, cette supériorité militaire doit permettre de faire triompher le « nouvel ordre mondial », c'est-à-dire de faire respecter les principes et les intérêts américains.

b. L'intervention au Panama

Le général Noriega, qui gouverne le Panama après avoir déposé le président Delvalle en février 1988, est impliqué dans des affaires de drogue, et il maintient des liens avec Cuba. À la fin de la présidence de Reagan, il conserve cependant le soutien de la CIA et du Pentagone parce qu'il leur fournit une aide contre les Sandinistes. Mais il exaspère les Américains en mai 1989 en suspendant le dépouillement des élections présidentielles, parce que les premiers résultats ne sont pas favorables à son candidat. En décembre, un officier américain est tué dans la zone du canal, un autre battu. Le président Bush envoie alors les forces armées au Panama pour se saisir de Noriega et y rétablir un régime démocratique.

c. La guerre du Golfe

● Dans la guerre qui a opposé l'Irak et l'Iran, de 1985 à 1988, les États-Unis et les Occidentaux ont soutenu l'Irak, qui dispose désormais de stocks d'armes importants. **Le 2 août 1990, les forces irakiennes envahissent le Koweït.** Le 9, Bush décide de riposter par la force : il ne veut pas laisser impunie une agression délibérée contre un pays indépendant. Il voit aussi dans l'invasion du Koweït une menace pour l'approvisionnement pétrolier de l'Europe. Dans les semaines qui suivent, il prend conscience d'une menace plus grave : les recherches poursuivies par l'Irak pour se doter d'armes de destruction massive.

● Pendant tout l'automne, les Américains, secondés par les Britanniques et les Français, rassemblent leurs forces en Arabie Saoudite. L'URSS tente une médiation mais, le 9 janvier 1991, les « pourparlers de la dernière chance » échouent. Le 17, débute l'opération **« Tempête du désert »** avec des bombardements massifs sur l'Irak, auxquels celui-ci répond en voyant quelques missiles sur Israël. Puis, le 24 janvier, est lancée une opération terrestre, qui rencontre peu de résistance, tant les bombardements ont décimé les forces adverses. Elle s'achève le 28. Le cessez-le-feu est signé le 3 mars.

● La victoire américaine n'est pas totale. Pour éviter un « nouveau Vietnam » et d'importantes pertes humaines dans les rangs américains, les chefs militaires américains n'ont pas voulu étendre les combats jusqu'à Bagdad. **Saddam Hussein reste au pouvoir**, et, malgré les sanctions imposées par l'ONU et les inspections sur le territoire irakien pour éliminer les armes de destruction massive, le problème est loin d'être réglé (▶ **page 93**).

C. VERS LA MONDIALISATION

a. Les accords de libre-échange

La déréglementation entreprise par Reagan dans l'économie américaine trouve son prolongement dans une nouvelle vague de libéralisation des échanges internationaux, dont on attend, avec l'accroissement du commerce mondial, une vague de prospérité et l'accroissement du niveau de vie partout sur la planète. En 1988, Reagan avait signé avec le Premier ministre canadien un accord de libre-échange. Bush poursuit sur cette lancée et, en août 1992, conclut avec le Canada et le Mexique, l'Accord de libre-échange nord-américain (ALENA). Par ailleurs, les négociations entamées dans le cadre du GATT (Uruguay Round) sont poursuivies activement, mais elles se heurtent à de grandes réticences du côté des Européens, parce que, pour la première fois, elles englobent l'agriculture. En effet, depuis la fin des années 1970, les exportations agricoles européennes, essentiellement françaises, ont beaucoup augmenté (12 % du marché mondial du blé en 1979, 20 % en 1990), faisant reculer d'autant les exportations américaines. Les Européens souhaitent donc conserver cette avancée, tandis que les Américains veulent retrouver leur ancienne position et pénétrer davantage le marché européen.

b. La défaite de Bush aux élections présidentielles

Dans le sillage de la victoire des forces militaires américaines en Irak, rien ne semble devoir empêcher la réélection de George Bush en 1992. Mais, dès l'automne 1991, la récession qui frappe les États-Unis prend un tour inquiétant : elle ne touche pas seulement les cols bleus (les ouvriers), mais également les cols blancs, c'est-à-dire les cadres moyens des entreprises. Celles-ci en effet continuent de « dégraisser » leurs effectifs à cause des progrès techniques, mais aussi parce qu'elles doivent accroître leur compétitivité face à la concurrence mondiale. En plus de ces difficultés, dont l'opinion le rend en grande partie responsable, Bush doit faire face à deux adversaires, le candidat démocrate, William Clinton, et un candidat indépendant, Ross Perot. Bush est battu (37,4 % des voix) ; Clinton l'emporte avec 43 % des suffrages.

LA POPULATION AMÉRICAINE

	Population totale (en millions)	Pourcentage de Noirs	Pourcentage d'Hispaniques
1940	131,6	9,8	
1950	152,2	10,0	
1960	180,6	10,5	
1970	205	11,1	
1980	227,7	11,8	6,4
1990	249,9	12,25	8,98
1997	266,5	12,7	11,02

LE GRAND TOURNANT : LES ÉTATS-UNIS, SEULE SUPERPUISSANCE MONDIALE

Moins d'un an après la dislocation de l'URSS (décembre 1991), qui fait des États-Unis la seule superpuissance mondiale, William Clinton est élu à la présidence. Né en 1946 dans un district à majorité noire de l'Arkansas – l'un des États les plus pauvres des États-Unis –, issu d'une famille modeste, Clinton parvient, grâce à une bourse, à faire ses études dans des universités prestigieuses – Oxford en Grande-Bretagne, Yale en Nouvelle-Angleterre. À 32 ans, il est élu gouverneur de l'Arkansas ; à 46 ans, il entre à la Maison-Blanche. Sa victoire a valeur de symbole : c'est le retour de la jeunesse, de l'énergie, de la chance. Mais, comme Reagan, Bill Clinton connaît peu Washington et la scène internationale. De plus son caractère est vite mis en question : il a du mal à se décider, change fréquemment de position ; sa réputation est entachée par des rumeurs d'infidélités conjugales, et par le fait qu'il a esquivé la conscription pendant la guerre du Vietnam.

1. LA MONDIALISATION

A. LA FIN DE LA GUERRE FROIDE : VERS UN TRIOMPHE DE L'UNIVERSALISME AMÉRICAIN ?

a. Le nouveau wilsonisme

● En 1918, le président Wilson a voulu assurer la paix par la création de la Société des Nations. Le refus du Sénat de ratifier le traité de Versailles a ruiné le rêve wilsonien. En 1945, Roosevelt a repris le flambeau en faisant instaurer l'ONU. Le GATT est créé en 1947 (▶ **page 24**). Mais, en fracturant le monde, la guerre froide a limité la réussite de ce projet. La défaite de l'URSS dans l'affrontement Est-Ouest semble créer une nouvelle chance pour que triomphe le **modèle économique et politique américain**.

● Aux yeux de Clinton et de ses conseillers, la liberté d'entreprendre a fait des États-Unis la première puissance mondiale. Si, sur toute la planète, à l'exemple de l'Amérique, on libère les flux financiers, on abaisse les barrières douanières, on réduit le poids des réglementations étatiques, **la croissance** en résultera automatiquement, et sur la prospérité la **démocratie** ne manquera pas de s'enraciner. Enfin, les démocraties ne se faisant pas la guerre, la **paix** mondiale sera assurée.

b. Les progrès de la libéralisation des échanges

14

Dès son arrivé au pouvoir, Clinton s'attelle à la libéralisation des échanges. Malgré les réticences du Congrès, il parvient à faire ratifier l'ALENA (▶ **page 87**) en novembre 1993. Ce succès donne un élan à l'Uruguay Round. Les négociations sont conclues en décembre et officialisées par l'accord de Marrakech (mars 1994), qui décide une nouvel abaissement des tarifs douaniers et crée l'Organisation mondiale du commerce (OMC), laquelle se substitue au GATT. Sur cette lancée, Clinton cherche à libéraliser les échanges avec les pays asiatiques lors des sommets annuels de l'Asia-Pacific Economic Cooperation (APEC). Enfin, à Miami, où sont réunis en décembre 1994 tous les pays latino-américains à l'exception de Cuba, le principe d'une grande zone de libre-échange pour toute l'Amérique latine est admis pour l'horizon 2005.

B. DES RÉSULTATS CONTRASTÉS

a. Le retour à la croissance

Au départ, le diagnostic de Clinton paraît bon : l'économie américaine se redresse dès la fin de 1993. Le chômage régresse à 6 % en 1994, 5,6 % en 1995, 4,5 % à la mi-1998. De 1991 à 1998, 14 millions d'emplois sont créés, tout particulièrement dans le secteur tertiaire. Le cours des actions s'envole à Wall Street, et les profits en Bourse augmentent les revenus des plus riches, mais aussi d'une partie des classes moyennes.

b. Les ombres au tableau

● Grisée par cette prospérité, la masse des Américains se livre à une débauche d'achats (*spending spree*) ; mais celle-ci gonfle le **déficit commercial** des États-Unis ; de plus, elle est souvent financée non par la hausse des revenus, qui stagnent ou augmentent peu, mais par une réduction de l'épargne ou par l'**endettement des ménages,** qu'encourage la baisse des taux d'intérêt.

● L'ouverture des frontières exacerbe la concurrence et exige une plus grande compétitivité des entreprises, d'où la poursuite des « dégraissages » : de 1992 à 1994, 1 adulte sur 12 a perdu son emploi ; de 1995 à 1998, 1 adulte sur 10. Certes, ils en ont retrouvé rapidement un autre, mais celui-ci est souvent précaire, moins bien payé, ou dépourvu d'assurance maladie. Aussi assiste-t-on à la **croissance des inégalités** : depuis 1973, le nombre des millionnaires a quintuplé, tandis que les revenus du décile inférieur de la population ont diminué de 13 %. Dans ce contexte, les grèves, qui régressaient depuis 1981 (▶ **page 79**), éclatent à nouveau : en 1997, à UPS, contre la précarisation des emplois ; en 1998, à General Motors, contre le « dégraissage ».

2. LE RETOUR EN FORCE DE LA DROITE

A. LA VICTOIRE DES RÉPUBLICAINS

a. Le programme de la droite

À l'automne de 1994, les Républicains présentent un programme qui allie les revendications de la « droite religieuse » (rétablissement des prières à l'école, refus de l'avortement) et celles de la « droite économique » (réduction du déficit budgétaire par la diminution des dépenses sociales). Le programme républicain met également l'accent sur la défense des intérêts nationaux (augmentation du budget de la Défense, hostilité à l'égard de l'ONU et des autres organisations internationales, qui empiètent sur la souveraineté des États-Unis).

b. Les élections de 1994 et de 1996

Malgré la reprise économique, les Américains s'inquiètent des progrès de la drogue et de la criminalité, ainsi que des menaces que les « dégraissages » font peser sur l'emploi. Ils sont donc séduits par le retour aux valeurs conservatrices que défendent les Républicains. En 1994, pour la première fois depuis 1952, ils ramènent une majorité républicaine à la Chambre des représentants comme au Sénat. Mais si, aux élections de 1996, les Républicains conservent la majorité au Congrès, Clinton est pourtant réélu avec 49,2 % des votes populaires.

B. LES CONFLITS ENTRE LA MAISON-BLANCHE ET LE CAPITOLE

a. Les conflits sur les finances et l'économie

● Le conflit éclate à l'automne de 1995 lorsque le Président refuse de signer le budget trop austère adopté par la majorité républicaine. En décembre, faute de nouveaux crédits, plusieurs services de l'État fédéral doivent être fermés. Pour éviter d'autres affrontements, Clinton fait des concessions à ses adversaires, comme le montre l'adoption d'une **loi sur l'aide sociale**

14

en août 1996 : l'État fédéral se décharge en partie de ses responsabilités en octroyant aux États une somme forfaitaire qu'ils
répartiront à leur gré entre les plus défavorisés. C'est donc un
coup d'arrêt aux *entitlements*, aux droits acquis en raison d'une
situation familiale ou financière. Parallèlement, un effort est fait
pour remettre au travail ceux qui vivaient uniquement d'une
aide publique.

● La croissance et la baisse du chômage augmentent les rentrées
fiscales et, en 1998, **le budget fédéral est en excédent** pour la première fois depuis 1969. Mais la droite du parti républicain et la
gauche du parti démocrate s'inquiètent de la montée des inégalités, attribuée à la libéralisation des échanges. Aussi, faute de
majorité au Congrès, Clinton doit renoncer, en décembre 1997,
à faire renouveler la *fast track authority*, disposition qui facilite
la négociation des accords commerciaux en interdisant aux légis-
lateurs de les amender. C'est, avec le début de la crise asiatique en
juillet 1997, le premier avertissement contre la mondialisation.

b. Les scandales à la Maison-Blanche

Dès 1994, Clinton doit subir les investigations du procureur
spécial Kenneth Starr, sur ses transactions financières quand il
était gouverneur de l'Arkansas. Sa liaison avec une jeune stagiaire
de la Maison-Blanche, Monica Lewinsky, qu'il a niée sous ser-
ment jusqu'à l'été 1998, déclenche une procédure de destitution
(*impeachment*), mais il est acquitté par le Sénat en février 1999.
Cependant, le financement, sans doute illégal, de sa campagne
électorale par des fonds asiatiques en 1996 reste critiqué. Malgré
les fautes du Président, les Républicains, qui espéraient un raz de
marée en leur faveur aux élections de 1998, ont vu leur majorité
réduite de 5 sièges à la Chambre.

3. LES ÉTATS-UNIS, MISSIONNAIRES OU POUVOIR HÉGÉMONIQUE ?

Plus que jamais, les États-Unis se veulent les défenseurs des
droits de l'homme, d'où leur intervention en Somalie pour
mettre fin aux massacres d'une guerre civile, et à Haïti pour
ramener au pouvoir le président Jean-Bertrand Aristide, chassé
par un coup d'État militaire. Mais, dans d'autres régions, il
semble qu'ils interviennent pour étendre leur influence et leur
pouvoir afin de contrôler certaines voies de communication ou

l'accès aux matières premières : ainsi, selon Zbigniew Brzezinski, l'ancien conseiller du président Carter, l'Europe est la tête de pont géostratégique qui permet à l'Amérique d'étendre son influence sur tout le continent eurasiatique.

A. LES ENJEUX DU CONTINENT EURASIATIQUE

a. L'élargissement de l'Alliance atlantique

Alors que le président Bush a proposé un « partenariat » à la Russie, Clinton adopte une politique plus ambitieuse : profitant de son affaiblissement, il décide de faire entrer la Pologne, la République tchèque et la Hongrie dans l'Alliance atlantique (avril 1999), ce qui repousse de quelque 700 kilomètres vers l'est la frontière qui sépare les forces russes de celles de l'OTAN. Assurément, la Russie n'a pu s'opposer à cette décision, mais, en dépit des assurances qui lui ont été données, elle y est toujours hostile.

b. Les interventions dans les Balkans

Les États-Unis ont mis fin au conflit bosniaque par des frappes aériennes contre la minorité serbe pendant l'été 1995. Les accords de Dayton (novembre 1995) ont fait de la Bosnie un État fédéral avec deux entités, la Fédération croato-musulmane et la République serbe. En 1999, les États-Unis ont déclenché des frappes aériennes contre la Serbie pour obtenir l'autonomie du Kosovo. Officiellement, ces interventions ont pour but de défendre les droits de l'homme. Mais elles accroissent également l'influence politique et économique des États-Unis dans la région.

c. La Russie sous surveillance

Par ailleurs les États-Unis ont noué ou resserré leurs liens avec les États qui, à la périphérie de la Russie, ont été partie intégrante de l'URSS : les États baltes, l'Ukraine, et les États riches en pétrole et gaz naturel qui entourent la mer Caspienne (Azerbaïdjan, Turkménistan, Kazakhstan). Ils espèrent par là interdire à la Russie de redevenir un empire. Mais cette politique, qui réduit les ressources énergétiques de la Russie et pourrait la priver d'accès aux mers libres, aiguise son nationalisme. Elle est d'autant plus risquée que la Russie reste une puissance nucléaire et que la Douma n'a pas ratifié START II, l'accord de désarmement nucléaire signé en 1992.

d. La normalisation des rapports avec la Chine

Pour des raisons essentiellement économiques, Clinton a normalisé les relations avec la Chine ; celles-ci s'étaient détériorées après le massacre de la place Tienanmen (1989). Lors de son voyage à Pékin en 1998, il a dû mettre une sourdine à ses critiques sur le non-respect des droits de l'homme par Pékin. De plus, le problème de Taïwan reste entier : la Chine n'a pas renoncé à restaurer son autorité sur cette ancienne province, tandis que Taïwan veut conserver son autonomie. Tout en semblant concéder un rôle régional à la Chine, les États-Unis voudraient installer un système de missiles qui protégerait leurs alliés, le Japon, Taïwan et la Corée du Sud.

B. LA LUTTE CONTRE LES ÉTATS REBELLES (*ROGUE STATES*)

a. Cuba, l'Iran et la Libye

Malgré la fin de la guerre froide, les États-Unis non seulement n'ont pas normalisé leurs relations avec Fidel Castro, mais, par la loi Helms-Burton (12 mars 1996), ils menacent de sanctions les compagnies étrangères qui ont acquis des biens américains confisqués par le gouvernement cubain. La loi D'Amato-Kennedy (5 août 1996) menace également de sanctions les compagnies étrangères qui investissent dans le secteur pétrolier de deux États cautionnant le terrorisme : l'Iran et la Libye. En raison des protestations des Européens, ces lois ont été en partie suspendues.

b. La Corée du Nord et l'Irak

Les États-Unis cherchent aussi à empêcher la production d'armes nucléaires, bactériologiques ou chimiques. En octobre 1994, après 18 mois de crise, ils ont signé avec la Corée du Nord un accord qui réorientait les recherches nucléaires de ce pays vers la production civile. Par ailleurs, ils veulent maintenir les sanctions à l'égard de l'Irak, adoptées par l'ONU après la guerre du Golfe, afin de l'empêcher de produire des armes de destruction massive. Ce pays s'étant opposé à certaines inspections, les États-Unis ont recommencé les frappes aériennes contre lui.

14

LES ÉTATS-UNIS À L'AUBE DU XXIᵉ SIÈCLE

A. LES INCERTITUDES DE LA SOCIÉTÉ ET DE L'ÉCONOMIE

a. Fragilité et force de la société

La criminalité, souvent liée à la drogue, est 7 à 8 fois plus élevée aux États-Unis qu'en Europe de l'Ouest, 12 fois plus qu'au Japon; le taux d'incarcération est le plus fort de tous les pays industrialisés. L'insécurité et la violence sont plus grandes dans les ghettos urbains, où vivent surtout les minorités ethniques, que dans les banlieues, où résident les classes plus aisées. Cependant, la masse des Américains continue d'être attachée aux principes fondateurs de la nation, la liberté, facteur de dynamisme, mais aussi la religion (68 % des adultes appartiennent à une Église, 42 % vont aux offices dominicaux). Le patriotisme reste fort, tandis que l'on voit se dessiner une réaction contre le multiculturalisme, tout particulièrement au niveau des États.

b. La perte de puissance relative des États-Unis

En 1945, les États-Unis détenaient les deux tiers du stock d'or mondial et 50 % de la capacité industrielle mondiale; 50 ans plus tard, leur leadership en matière de technologie est intact, mais l'Europe occidentale et le Japon ont un niveau de vie comparable. En 1945, ils étaient « le prêteur de dernier recours », celui qui pouvait mettre fin à toutes les difficultés économiques; désormais, ils sont le plus grand débiteur de la planète (3 000 milliards de dollars). Si, pendant la dernière décennie, ils ont été « l'acheteur de dernier recours », qui pouvait remédier aux difficultés temporaires sur la scène mondiale, il leur sera plus difficile de conserver ce rôle dans le cas d'une récession généralisée ou d'un krach boursier.

c. La remise en cause de la mondialisation ?

La crise asiatique, qui a débuté en juillet 1997, a gagné l'Amérique latine et la Russie. Elle a suscité, même en Amérique, beaucoup de critiques contre une libéralisation des flux financiers trop rapide, et qui n'a tenu compte ni des différences de structure entre les pays ni de l'absence, chez certains, de systèmes bancaires et juridiques adéquats. On a également reproché aux plans de secours du FMI, inspirés ou approuvés par le gouvernement américain, d'avoir davantage profité aux prêteurs (les banques occidentales) qu'aux

15

pays pris dans la tourmente. Enfin, les violences qui ont éclaté lors de la réunion de l'OMC en décembre 1999 ont montré la force grandissante des adversaires de la mondialisation.

B. LES LIMITES À L'HÉGÉMONIE MONDIALE

a. Des interventions à l'étranger plus difficiles

À cause de leur supériorité aérienne et technique, en particulier celle des « armes intelligentes » (▶ **page 85**), les États-Unis sont la seule puissance capable de frappes aériennes rapides. Mais l'instauration de l'armée de métier (▶ **page 68**), qui réduit le nombre des réserves, et la diminution des crédits militaires, qui restreint l'entraînement des troupes et parfois leur armement, enfin l'état de l'opinion, rendent plus difficile l'intervention des forces terrestres, toujours coûteuse en vies humaines. De surcroît, avec leurs « armes intelligentes », les États-Unis peuvent punir, mais non prévenir les attaques de terroristes, comme le montrent les attentats, en juillet 1998, contre les ambassades américaines au Kenya et en Tanzanie. De plus il leur sera difficile d'intervenir contre les États, en nombre croissant, qui possèdent ou vont posséder des armes nucléaires ou des armes de destruction massive : Pakistan, Inde, Iran, Irak, Corée du Nord (et, bien entendu, la Chine).

b. L'universalisme américain en question

Avec l'effondrement du communisme, il semblait au début des années 1990 que les principes américains avaient triomphé et pouvaient s'imposer sur toute la planète. En fait, dans bien des régions du monde, l'américanisation reste superficielle, et les vieilles civilisations (chinoise, islamique…) conservent leurs valeurs originelles. Par ailleurs, les États-Unis ne dominent plus l'ONU, comme au temps de la guerre de Corée, ou encore en 1995, quand leurs frappes aériennes sur les Serbes de Bosnie ont été autorisées par le secrétaire général adjoint de l'ONU. Dorénavant, au Conseil de sécurité, leurs propositions sont souvent menacées d'un veto russe ou chinois (comme dans l'affaire du Kosovo). Dans ce contexte, il est impossible de prévoir si le XXIᵉ siècle « sera américain », ou si les États-Unis se verront de manière croissante confrontés à des rivaux sur la scène internationale, la Chine ou une constellation de puissances.

CONSEILS DE LECTURE

ARTAUD Denise, *La Fin de l'innocence : les États-Unis de Wilson à Reagan*, Paris, A. Colin, 1985.

—, *Les États-Unis et leur arrière-cour : la défense de la troisième frontière*, Paris, Hachette-Pluriel, 1995.

—, « Les États-Unis et l'Europe, une nouvelle architecture de sécurité ? », *Défense nationale*, janvier 1999.

BRZEZENSKI Zbigniew, *Le Grand Échiquier. L'Amérique et le reste du monde*, Paris, Bayard éditions, 1997.

CÉSARI Laurent, *L'Indochine en guerre (1945-1993)*, Paris, Belin, coll. « Sup », 1995.

HUNTINGTON Samuel, *Le Choc des civilisations*, Paris, Odile Jacob, 1997.

KESSLER Nicolas, *Le Conservatisme américain*, Paris, PUF, coll. « Que sais-je ? », 1998.

MÉLANDRI Pierre, *La Politique extérieure des États-Unis de 1945 à nos jours*, Paris, PUF, 2ᵉ éd., coll. « Politique d'aujourd'hui », 1995.

MÉLANDRI Pierre et PORTES Jacques, *Histoire intérieure des États-Unis au XXᵉ siècle*, Paris, Masson, coll. « Un siècle d'histoire », 1991.

TINGUY Anne de, *USA-URSS : la détente*, Bruxelles, Éditions Complexe, 1985.

TINGUY Anne de (sous la dir. de), *L'Effondrement de l'Empire soviétique*, Bruxelles, Bruylant, 1998. (Essentiel pour situer le rôle des États-Unis dans cet effondrement).

RÉALISATION : CURSIVES À PARIS
IMPRESSION : NORMANDIE ROTO IMPRESSION S.A. À LONRAI (61250)
DÉPÔT LÉGAL : FÉVRIER 2000. N° 34397 (992977)